こどもつかい

牧野 修

講談社
タイガ

デザイン　坂野公一（welle design）

目次

序

火事だ。火事だ。たいへんだ。

広場を丸々覆《おお》えそうな馬鹿《ばか》でかい天幕に小さなテント小屋。トタン屋根の事務所に宿舎。みんなみんな燃えている。

燃える万国旗が風に乗って舞い上がっていく。酷《ひど》い目にあって泡《あわ》食って逃げていく天女のようだ。

炎は思わず神々も逃げ出すほどの貪欲《どんよく》な怪物なのだ。

絡み合う深紅の蛇の群れそっくりの炎が、赤黒い鱗《うろこ》をわらわらと動かし姿を自在に変えながら、床板を喰《く》い、壁を喰い、柱を喰い、机を椅子《いす》を戸棚を喰い、そしてほらごらんよ、子供たちを喰っている。

ありとあらゆるものを貪欲に喰い散らかし、満足げにおくびを漏らすように黒煙を吐《は》く。ごうごうごうと咆哮《ほうこう》している。

紅蓮《ぐれん》のアラベスク模様が世界を埋めていくよ、綺麗《きれい》だね。

悲鳴が聞こえる。

怒声が聞こえる。

慌てふためき逃げ惑うのは、馬と犬と猿たち。蛇女に怪力男と愉快な道化師たち。魔法使いじみた服の奇術師とその助手の派手な化粧の半裸の女も逃げていくよ。馬鹿でかい巨人に子供みたいに小さな道化師たちも逃げ出した。ありとあらゆる奇妙な人間や人間でないものたちが大騒ぎだ。人の形をした炎がおお、おお、と切なく吼《ほ》えて踊りながら炭になっていく。興奮した男たちが、祭の始まりを知らせようと怒鳴《どな》り叫び、意味もなく走り回っている。狂ったように子供の名を呼ぶ女が、男たちに羽交《はが》い締《じ》めにされている。顔を真っ黒にした老婆が消防団を、消防団をと繰り返すのだけれど、残念ながら消防団員の大半はここに集まっていたのだから今更どうにもならない。

今、裏に停《と》めてあったバイクが大爆発して、唾《つば》のように炎の雫《しずく》を撒《ま》き散《ち》らした。

綺麗だな。綺麗だね。

そして若い女に抱《かか》えられ燃えさかるテントの中から飛び出した少年は、後ろを振り返り呆然《ぼうぜん》としている。

トミーが、トミーが。

少年が叫ぶ。

君の好きなトミーはもういない。だから、ぼくは歌を歌うのだ。どうだい、聞こえるかい。ぼくたちの歌。

第一章

「近頃はまわりがうるさいので、お父さんは祐一《ゆういち》君を裸にして服に隠れるところだけを殴るようになったそうです」

「誰も助けられなかった」より

『親になるほど難しいことはない』椎名篤子《しいなあつこ》著

1.

陽《ひ》が夕焼けの血溜《ちだ》まりの中へと落ちる。

そして夜は東から空を覆っていく。

やがて闇《やみ》へと世界が堕《お》ちるまでのわずかな時間。ほんの数分、町は血塗《ちまみ》れになる逢魔《おうま》が時《とき》。

かなり古びた、その賃貸住宅の一室も西日に赤く染まっていた。駅から近いだけが利点のアパートだ。家賃も安く管理費もほとんどとっていないが、それはつまり管理していないということを意味するだけだ。長い間補修工事などされたことがなかった。オーナーはぎりぎりまで家賃収入を得たら取り壊すつもりだった。

饐《す》えた臭《にお》いがした。焼けた畳が手入れの悪い指先のようにささくれ立っている。臭いの半分は古びて黴《か》びた畳の臭いだ。残りの半分は部屋中に散乱するゴミの山から漂っている。ゴミの山の半分はコンビニで購入した弁当と菓子から成っている。残りの半分は玩具《がんぐ》だ。

夕飯の匂《にお》いが外から流れ込んでくる。

ベランダの掃き出し窓が開きっぱなしなのだ。

「瑠奈《るな》、あの時どこに隠れていたの。言いなさい。おかげでお母さん、大恥かいちゃったじゃないの」

女は座布団に座っている。

その前に十歳に満たない少女が立たされていた。

「もうちょっとで警察を呼ぶところだったのよ。近所の人もみんなで手分けして捜してくれたし。どれだけみんなに頭を下げたと思ってるのよ。瑠奈、正直に言いなさい。どこに隠れていたの」

話している間に興奮してきたのだろう。どんどん声が大きくなる。それは瑠奈の態度にも問題があった。彼女はぼうっと母親の顔を眺《なが》めていた。まるで暇つぶしにテレビでも見ているように。

しかも彼女は途中から歌を歌いだした。何の歌かはわからないが、親に叱《しか》られながら歌ってもいい歌は、まずない。

女はどんどん苛立《いらだ》っていく。

暴力の衝動が胸の奥で沸き立つ。

「どうしてお母さんを怒らせるようなことばかりするの！」

怒鳴りつけて瑠奈の腕を摑《つか》もうとした。一度脱臼《だっきゅう》させてから、すぐに肩が抜けるようになったが、そんなことは気にもしていないようだ。

昨日も、そうやって少女をベランダに引《ひ》き摺《ず》り出《だ》した。

「あの時どうやったか見せてもらうからね」

そう言う彼女に、少女は握《にぎ》り拳《こぶし》を差しだした。

何かを渡そうとしている。

「何よ」

彼女は拳の下に掌《てのひら》を広げた。少女は拳を開き、中にあった物を彼女の掌に落とした。

小さな悲鳴を上げて、彼女はそれを振り落とした。

「何よ、これ」

少女はケラケラと笑った。その目は女ではなく、その後ろへと向けられていた。

「ねえ、なんなの」

女は怯《おび》えていた。

いつの間にか日が暮れようとしている。

夜は近く、闇が忍び込んでくる。

「瑠奈、瑠奈、ふざけないで、瑠奈！」

その時肩を叩《たた》かれた。

反射的に叩かれた方を振り返ると、頬《ほお》に指が当たった。

「引っ掛かったぁ」

嬉《うれ》しそうな男の声がした。

えっ、と尻《しり》をつけたまま後退《あとずさ》る。

暮れゆく空を背にして、影が立っていた。

大きなマントにつばの広い帽子のシルエット。

影ではあるが、それが男であることはわかる。

男はマントの中から毛むくじゃらの笛を取りだして、吹き始めた。

「瑠奈、瑠奈」

瑠奈は部屋の隅《すみ》で踊っている。

手捌《てさば》き、足捌きが、奇妙に大人びている。

恍惚《こうこつ》としたその顔は、母親が見たこともない表情だった。

「瑠奈……」

部屋の隅、光の届かぬそこから影が瘤《こぶ》のように膨《ふく》れあがった。

子供だ。

獣のように四《よ》つん這《ば》いになった子供は、瑠奈と同じ年頃だ。

戸棚の背後、人など隠れることの出来ないその陰からも、するりともう一つの影が生まれた。

それも子供だ。

隠れるところなどどこにもない狭い部屋だ。

その中へ、次から次へと子供たちが現れた。闇から生まれ落ちたように見える。

一人二人三人、四人五人、全部で七人いた。

子供たちは笛の音に合わせ歌を歌う。歌いながら踊る、騒ぐ、はしゃぐ。そして笑う。

やめてちょうだいと耳を塞《ふさ》ぎ、女は顔を伏せた。

その顎《あご》を摑み、顔を上げさせたのは影の男だ。

目の前に男の顔があった。

初めて見た男の顔は、魂を吸い取られそうなほどに美しかった。

磨《みが》き上《あ》げたような白い肌の持ち主だ。
酷薄そうな薄い唇《くちびる》の端《はし》が持ち上がる。
整いすぎた笑顔は恐ろしかった。
——やあ、はじめまして。
囁《ささや》き声《ごえ》がその唇から漏れた。
幽《かす》かな異臭がした。
焦《こ》げ臭《くさ》い。
その美貌《びぼう》の現実感のなさから比べると、ほっとするほどリアルな臭いだった。
——どうする。
男は言った。
女は瑠奈がこくりと頷《うなず》くのを見た。
——やっぱり、おまえいらないって。
男は女を指差した。
その手に小指がない。何故《なぜ》かそのことだけが、女は気になっていた。
——いなくなっちゃえ。
男が言った。
七人の子供たちが嬉々《きき》として女に飛び掛かっていった。

2.

駅前にそのショッピングモールが出来たのが五年前。その後の五年で町の様子は一変した。何とか生き延びていた近所の市場が姿を消し、それを追いかけるように商店街にシャッターが下りた店が増えていった。灰色のシャッターはがん細胞のように商店街を侵犯していった。

今、この周辺の人間はショッピングモールなしでは生きていけないだろう。

そのショッピングモールの屋上にフードコートがある。まだ夕飯には時間があったが、それでも家族連れで賑《にぎ》わっていた。はしゃぎ回る子供たちの声も姿も、絶えることがない。幸せってこういうものだよね、と訳知り顔で解説したくなる、どこにでもある郊外の情景。

円テーブルを囲んでいるのは近所の公立中学校の制服を着た少女が四人と、背広姿の男が二人。

テーブルの上には小さなＩＣレコーダーが置かれてある。背広組が取材をしているようだ。取材は主に若い方が担当し、もう一人は黙って腕を組んでいる。おそらく彼の上司なのだろう。

「それって虐待じゃん！」

一人が大声を上げた。

大きなビニール袋をいくつも椅子に置き、一息ついていた子連れの主婦たちが一斉にそのテーブルを見た。

さすがに声を落として、若い男は質問した。

「瑠奈ちゃんのお母さんが？」

「はい」

はしゃぐ三人とは別に沈んだ声の少女が頷いた。

「いつも、隣から怒鳴ってる声が聞こえてて……」

「うわあ、近所迷惑ぅ」

「ひっどい話だねそれ」

「そういえばこの間――」

別の話になりそうになり、若い男は沈んだ顔の少女に質問した。

「友里《ゆり》ちゃんだけじゃなくて、近所の人はみんなそれを知ってたんだね」

「大声で怒鳴ってるし、瑠奈ちゃんは泣き叫んでるし。それがほとんど毎晩続いて、それで、ある日学校から帰ったら、瑠奈ちゃんがいなくなったって騒ぎになってたんです」

「いなくなったの？」

「あ、でもおばさんの勘違いだったんです。私たちが家に行ったら、瑠奈ちゃん、ちゃんとベランダにいて」

「え、なら良かったじゃん」

話をまた友人が奪った。

「だいたいお母さんってのは、なんだって大袈裟《おおげさ》に騒ぐんだから」

「うちのママもそう。この間なんか」

ちょっと大きな声で、若い男は割って入った。

「結局騒ぎはそれで終わったわけだね」

「ええ、そうなんですけど」

言《い》い淀《よど》む少女に、すかさず若い男は訊《たず》ねた。

「そうなんだけど、何?」

「でも、その時からおばさんの様子がおかしくなっちゃって」

「おかしくって、どんな」

「瑠奈ちゃんのこと、怖がってるみたいで」

「は?　自分の娘を?」

「何で?　虐待してたくせに?」

また少女たちが話し出し、それまで黙っていた年嵩《としかさ》の男がわざとらしく大きな伸びをして若い男を見た。

若い男は汗を拭《ぬぐ》い、話を続けようとする。

「ね、その瑠奈ちゃんがいなくなったのって、いつのことなの」

「三日前でしょ、友里」

そう言ったのは、さっきからすぐ話に割り込んでくる少女だ。

新聞記者に取材を受ける、ということではしゃいでいるようだ。

「その子の母親が亡くなる三日前にその瑠奈ちゃんって子がいなくなった、でしょ」

少女は自慢げに話した。

友里は黙って俯《うつむ》いている。

「えっ、そうなの、友里」

「えっ、何で何で。何で知ってるの」

「友里に聞いた？」

友里が黙り込んでいると、一人の少女がようやく思いついたのだろう。大きな声で言った。

「ねえ、友里。もしかして、それってあれ？　子供を連れ去っちゃうってやつ？」

「トミーの呪《のろ》いだ」

「うわ、イヤだぁ」

「えっ、何……トミー？」

「知らないの？」

「あれ、ほんと？」

「ほんとほんと、この間小学校の時の同級生に」

みんなが口々に話し出して収拾がつかなくなってきた。

「はいはい」

中年の男が手を叩いて声を張る。

「おじさんにもわかるように説明してくれるかな」

トミーの呪いと言い出した少女が説明を始めた。

「まずね、トミーが子供を連れ去っちゃうの。で、いつの間にか子供は戻ってくるんだけど、その子を見つけた人はトミーの呪いでおかしくなって、三日後に死んじゃうの」

「やめてよ。そういう話嫌いなんだって。寝られなくなっちゃうから」

「だいたいトミーって何なの？　霊？　殺人鬼？」

「違うよ。トミーは死んだ子供の魂を操るの」

「待って待って、何の話？　今は友里ちゃんに瑠奈ちゃんのお母さんの話を聞いてるんだけど」

ちらちらと上司を見ながら、若い男が言った。

「そういう噂《うわさ》があるんですよ。凄《すご》い怖い話で」

「都市伝説っていう、あれね」

「おじさんの時はね、口がここまで裂けてる女がいたよ」

年嵩の方が口の端を指で引っ張って見せる。

「口裂け女ですよね」

「よく知ってるね。さて、それじゃあ」

男は立ち上がってさっさとエレベーターホールへと向かった。

若い男も慌てて立ち上がり「あっ、どうもありがとう」と頭を下げて男の後を追った。

ごちそうさま、とその背中に声が掛かり、けたたましい笑い声が聞こえた。

「先輩、待ってくださいよ」

「だから言ったろ」

振り向きもせずに男は言う。

「おまえのおかげで無駄足だ」

「でもですね――」

「言い訳無用。社会面に〝トミーの呪い〟なんて書けると思ってんのか」

「それはそうですけど」

後ろから小走りについていきながら言い訳をしていると、まるで父親に叱られる子供のように見える。

「じゃあ、何なんだよ」

エレベーターの前で男が立ち止まった。

後ろを振り返る。

「江崎《えざき》駿也《しゅんや》さんよ、あなたは報道における新聞の役割を熱く語ってらっしゃったんじゃないんですか。そこにジャーナリストとして一石を投じられたらって、語ってらっしゃいましたよね」

ついこないだ、入社面接で駿也はそう言った。そしてその時の面接官の一人がこの上司だった。

——私は新聞というメディアこそが社会的な弱者、障害者、老人、子供、女性、低所得者を救済しうる公器ではないかと、思っております。

駿也はこの上司を目の前にしてそう熱弁を振るった。その気持ちに嘘《うそ》偽りなどまったくない。彼は本当に本気で弱者を救済することへの使命感を抱いていたのだ。

エレベーターが止まり、扉が開いた。二人は乗り込み、駿也が階下のボタンを押した。

「まっとうな新聞記事を書きたいんじゃなかったのか？　笑わせんなよ。あんな中坊の話、まともに聞いてられるか」

「いや、でもあの子は遺体の第一発見者なんですよ」

「誰が発見したにしても、あれは育児ノイローゼで我が子を虐待してた母親が良心の呵《か》責《しゃく》に耐えかねて自殺、だろ。陳腐《ちんぷ》だが児童虐待告発っていう切り口の取材ならまだしも……なんだあれ」

「でも、その場には瑠奈ちゃんが……六歳の娘がいたんですよ」

「子供の前で自殺する馬鹿は山ほどいるよ。それとも子供がやったとでも言いたいのか」

「そういうわけじゃないですけど……」

三階に到着し、扉が開いた。この階に駅ビルへの連絡通路がある。

「やりたきゃ勝手にしろ。こっちは世間の皆様にお届けしなきゃいけない仕事が、山ほど溜まってんだ」

言い捨て、男は足早に去っていく。

駿也はがっくりと肩を落とし、もうついていく気力もない。

とぼとぼと歩きながらクソ、クソ、と呟《つぶや》いている間にやり場のない怒りが込み上げて、階段脇《わき》に積み上げられてた段ボール箱を蹴《け》り上《あ》げ、壁を拳で叩いて、いてっ、いってぇ、と大声を上げた。

クスクスと笑う声が聞こえ、見るとさっきの女子中学生たちがエスカレーターから降りてきたところだった。

目礼すると、またクスクスと笑われる。

舌打ち一つして、深呼吸をした。

腕時計を見る。次の取材予定までまだ三十分あまり余裕があった。かといって暇を潰《つぶ》す気にもならない。

「江崎さん」

背後から呼ばれた。

振り返ると、第一発見者の友里だった。

友里は強《こわ》ばった表情で会釈した。

「あの、もう少しだけ、話を聞いてもらえますか」

友里はぼそぼそとそう言った。

「もちろんいいですよ」

さっきは一緒に来た友人たちに邪魔された思いがある。それは友里も同じだったようだ。

人気《ひとけ》の少ない階段の踊り場で、駿也は言った。

「ここら辺でいいかな」

ポケットからICレコーダーを取りだした。

「瑠奈ちゃんがいなくなったって騒動があってからの話なんですけど」

「どうぞ」

駿也は話を促《うなが》した。

「ええと……その後、おばさん、家の中に籠《こ》もりっきりで、瑠奈ちゃんもせっかく小学校に入学したのに、それから一度も学校行ってないみたいだし、お節介《せっかい》かなと思ったんですけど、何度かノックしてみたりして、でも返答なくて……母はよその家のことにかまうなって。でも変なんですよ。おばさんは確かに瑠奈ちゃんを怖がっていたんです。家は安アパートだから、壁が薄くて、隣の声が丸聞こえなんです。それで勉強していると、深夜に瑠奈ちゃんの笑い声が聞こえたり、『やめてお願い』とか『私が悪かった』とかおばさんの声が聞こえることがあって。それでどうしても気になったんで」

深夜にベランダの窓を開き、出てみた。

雨の日だった。

ベランダには隣のベランダと隔《へだ》てるぺらぺらの仕切り板があった。

そこから身を乗り出すと、隣のベランダが見えるのだ。

友里は隣のベランダを恐る恐る覗《のぞ》き込《こ》んだ。

物干し竿《ざお》に子供のTシャツとタオルが干しっぱなしになっていた。雨が降っているのも気がついてないのか、とさらに奥を見る。

ベランダの窓が開いていた。

部屋の中が丸見えだった。

真夜中にもかかわらず、薄明かりの中、瑠奈が遊んでいた。下着姿だ。彼女の周りには玩具が散乱していた。瑠奈もその胸に人形を抱きかかえている。

灰色に汚れたレースのカーテンが風に揺れている。

雨はベランダに吹き込んでいた。

覗き込んでいる友里もぐっしょりと濡《ぬ》れてしまった。

瑠奈はその間も聞いたことのない歌を口ずさんでいた。

「私、呼び掛けたんです。瑠奈ちゃんって。そしたら瑠奈ちゃん、私の方を見るんですけど、ずっと歌を」

「どんな歌なんですか」

「かんくろーさん、かんくろーさん、おいないおいないっ、とか何とか。細かいところは聞こえないんですけど、メロディーが耳について離れなくて……」

「それで瑠奈ちゃんは」

「お母さんはどうしたの、って訊《き》いてみたんです」

瑠奈はじっと友里を見ながら、覗き込む友里の顔の下を指差した。

友里は下を見る。

そこに瑠奈の母親がいた。

ぺたりとベランダに座り込み、仕切り板にもたれている。大きく頭を仰け反《の》《ぞ》らせ、ほとんど真上を見ていた。その血走った目はどこも見ていない。その目に雨が当たるのも、友里には見えていた。彼女が死んでいるのは間違いなかった。

その口に、大きな裁ちばさみが根元まで突っ込まれていた。

真上を向いているので、開いた口の中に凝《こご》った黒い血が溜まっていた。

友里の喉《のど》から、ぐぅ、と低い声が漏れた。

自分では悲鳴を上げたつもりだった。

脚から力が抜ける。

へなへなとベランダにしゃがみ込んだ。

隣から瑠奈の楽しそうな笑い声が聞こえた。それから複数の子供たちの足音。忍び笑い。

歌声も複数の子供たちの声が重なる。

――あめじん、とみーのしょうたいは……。

「……信じてないでしょ」

友里はそう言って駿也を睨《にら》んだ。

「警察の人もお母さんも、私の言うことをきちんとは聞いてくれなかったから」

「で、それで友里ちゃんはどうしたの」

這って部屋の中へと戻った。

身体《からだ》が濡れたティッシュペーパーのようだ。力が抜けてふにゃふにゃだった。

部屋の中に入った時、ようやく悲鳴が出た。

喉も裂けよとばかり叫んだ。

それから必死になってお母さんを呼ぶ。

「大騒ぎになって、警察が来て、でも、誰も私の話を信用はしてくれなかった。あまりにも恐ろしかったので幻覚が聞こえたんだろうって」

「とみーのしょうたい、って歌ってたんだね」

友里は頷く。

「トミーって君の友達が言ってた、あれのことかな」

「そうだと思います」

少し躊躇《ちゅうちょ》してから、友里は話を続けた。

「おばさんを見つけたのも、瑠奈ちゃんがいなくなった日から三日後だし」

「トミーの噂と関係があると、思ってるんだね」

「ねえ、私どうしたらいいんですか。瑠奈ちゃんのあの歌声が頭から離れないんです」

「噂は噂だよ。根拠も何もないんだし、気にすることないよ」

適当なことを言って、駿也はその場から逃れた。

友里と別れてからも、駿也はしばらくショッピングモールの中をうろうろとしていた。

歩きながら『トミーの呪い』のことをずっと考えていた。所詮《しょせん》は都市伝説だ、と思ってはいる。だがしかし、その裏に何か現実的な事件が隠されているのではないのかとも思う。そしてさらにその底にあるのは、得体の知れない何かへの恐れだ。高いところへ立った時の生理的な恐怖と似ている。理屈を飛ばして感じる恐れが、そこにあった。

その恐怖から二度と逃れてはならない。

駿也はそう思った。

しゅんちゃん、しゅんちゃん。

彼の名を呼ぶ悲痛な声が耳鳴りのように彼の頭の中で響く。決して忘れられないその声が、彼をこの事件へと突き動かしているのだった。

三階の回廊にある手摺《てす》りにもたれてぼんやりとそんなことを考えていたら、下から子供の甲高《かんだか》い声が聞こえた。

この階まで吹き抜けになっている。

手摺りから下を覗けば一階が見えた。

二階の回廊で子供が叫んでいた。

ゆらゆらと昇ってきたのは赤い風船だ。

思わず手を伸ばしたら、紐《ひも》を摑むことが出来た。

予期せぬ拍手が起こる。

ありがとうございます。

小さな女の子を連れたお母さんが、お父さんと一緒に頭を下げた。

照れくさくなって、風船を持って階段を下りていく。二階で待ち構えていた女の子に、風船を渡した。

「ありがとう、お兄ちゃん」

家族三人に頭を下げられ、さすがにそれほどのことはしていないとその場を逃げ出す。と、目の前に道化師が立ち塞がっていた。

ぎょっとして立ち止まる。

道化師はじっと駿也を見詰めていた。

その手に風船の束《たば》が持たれている。

どうやら近くの店舗の宣伝のために風船を配っているようだ。それがわかればもう怖くはない。そのまま横を通り過ぎようとすると、道化師は駿也に近づいて、言った。

「おいおい、俺だよ」

「俺……って」

「薄情な奴《やつ》だなあ」

言いながらアフロのカツラと赤い鼻をとった。

「よお、久しぶり」

元ピエロが素顔で笑った。

駿也とあまり年齢の変わらない男だ。

「近藤《こんどう》！　なんだおまえか。何をやってんだよ、こんなとこで」

近藤は近所の質屋の息子で、幼稚園からの幼馴染《おさななじ》みだった。

「俺の店なんだよ。ここ」

近藤は後ろのリサイクルショップを指差した。かなり大きな真新しい店だ。学校帰りらしい高校生や、若い女性で賑わっている。子供連れの主婦が多いのは、すぐ横が小さな子供たちの遊戯《ゆうぎ》スペースになっているからだ。

「ええっ！　店長か。凄《すげ》ぇじゃん」

「いやいや、まあ、今時親父《おやじ》の古臭い質屋のまんまじゃあ、やってけないし」

「でも大したもんだよ。さっすがパパ。おまえみたいな人間でも結婚すると真人間になるんだなあ」

「うっせいよ」

近藤は店員に持っていた風船を預け、店内を案内しながら歩く。かなり広い店だ。このショッピングモールでこれだけの面積を占めると、それだけの賃料が掛かるだろう。しかし平日にもかかわらず二つあるレジはいつでも人が並んでおり、かなり流行《はや》っているようだ。

「ユウちゃん、もう二歳だっけ」

駿也に言われて、近藤の顔がだらしない笑顔になった。ユウちゃんというのは、近藤の一人息子だ。

「三歳になった。喋《しゃべ》るようになるとたいへんだよ。もう毎日うるさくって。で、おまえはどうなんだよ」

「何が」

「何がじゃないだろ。尚美《なおみ》ちゃんだよ。いつまでも同棲《どうせい》じゃ彼女だって——」

「わかってるよ」

「何かあったのか」

「尚美、今出来てるみたいなんだ」

「えっ、男?」

本気で驚いている。

「馬鹿、子供だよ。でも、俺に何も話してくれなくて」

「何それ。何で直接訊かねえんだよ」

「うん、あいつにも、まあいろいろあってな」

「はあ? おまえ何言ってんの。尚美ちゃんのせいにするわけかよ」

「いや、そういうわけじゃないけど」

「なあ、駿也。だから俺あん時言ったろ。一気に結婚しちまえって」

「ああ、言ってたな」

尚美も幼馴染みで、二年下の後輩。つき合いは駿也が高校三年生の時に始まる。それから幾度か別れてはくっつき、四年前からは同棲生活が始まっていた。

「結局、勢いとタイミングなんだよ。タイミング逃して、ずるずると相手の気持ちを引き摺りすぎると、ろくな、ことに……」

言葉が止まった。

近藤は正面を見詰めて棒立ちだ。

視線の先を見る。

そこには一人の少女が立っていた。

小学校の四、五年生ぐらい。

可愛《かわい》らしい顔立ちをしているのだが、その目が酷く大人びていた。そのためちょっと薄気味悪い色気を感じさせる。

「ん？　知り合い？」

駿也が訊ねたが、その声も聞こえないようだ。

「おい、近藤。どうした」

近藤は両手を握りしめて震えている。

怯えているようだ。

「ん、えっ、何」

返事をしたが心ここにあらずだ。

「どうしたんだよ。あの子知り合いなのか」

「えっ、いや……」

「店長、買い取りのお客さんがいらっしゃっています」

店員が寄ってきて、近藤に告げる。

「ああ、今行く」

あからさまにほっとした顔で近藤は言った。

「悪いな、駿也、また来いよ。今度は飯でも食いに行こうや」

言いながらレジへと向かっていった。

「またな……」

手を振って別れ、前を見たらさっきの少女がまだ立っていた。

ぼんやりと近藤の消えたあたりを見ながら、少女は何事か呟いていた。

ちょっと気になり、何気なく側《そば》へと近づいていった。

呟いているのではなかった。

歌っているのだ。

――かんくろーさん、かんくろーさん、おいないおいない。

どこかで聞いたことのある歌詞。

すぐにさっき友里から聞いた歌詞であることを思い出した。メロディーも耳について離れないと言っていた曲に似ている。

駿也はICレコーダーを手にして、そっと少女へと近づいた。

3.

朝の保育園は賑やかだ。

泣く子供、はしゃぐ子供。

いきなり転《こ》ける子供に、それを見てゲラゲラと笑う子供。突然門前で喧嘩《けんか》を始めたりもする。

特にこの季節、新しく園にやってきた子供たちが母親と離れるのが嫌で、自転車にしがみついて泣いていたりする。

子供たちだけではない。

母親同士で延々と立ち話が始まる。そこかしこでママのグループが固まって話をしている。

エプロン姿の保育士たちは、挨拶《あいさつ》を交《か》わしながら子供たちを園内へと急がせる。休む暇がない。

その中の一人、原田《はらだ》尚美はひたすら頭を下げていた。園でも有名なクレーマーの母親に捕まったのだ。

こんなことは何度も経験しているのに、そのたびに途方に暮れる。どうしたらいいのかわからなくなる。高圧的な態度に弱いのだ。怒られればびくびくしてしまう。強い口調で命令されると、はいはいと頷いてしまう。

そんな時はただ頭を下げて話を聞いておくのが一番。そんな処世術が小さな頃から身についてしまっているのだ。

だからこういう高圧的で我《わ》が儘《まま》な母親の相手は苦手だった。クレームに対処するには、ただはいはいと頷いているだけでは駄目だからだ。

「あっ、菊田《きくた》さん、おはようございます」

言いながら近づいてきたのは先輩の保育士、洋子《ようこ》だった。十年以上この園に勤務している大先輩だ。

「あっ、おはようございます。いつも娘がお世話になっています」

その母親は満面の笑みで洋子にそう言うと、よろしくお願いしますよ、と尚美に念を押してその場を去っていった。

「ありがとうございました」

尚美は洋子に頭を下げる。彼女が尚美の苦境を救ってくれるのはこれが初めてではない。

「で、今度は何」

「今度のお遊戯会で、うちの子をお姫様にしろって」

洋子は大きな溜息《ためいき》をつく。

「このままじゃ、本番の時は全員がお姫様ね」

「すみません」

頭を深々と下げる。顔を上げた時にはもう洋子はいなかった。何しろ朝の保育士は忙しいのだ。

園に戻ろうとして、門前でぽつんと立っている男の子を見つけた。

笠原蓮《かさはられん》だ。

「蓮くん、おはよ」

駆け寄ると、尚美は満面の笑みで言った。返事はこない。

尚美は周囲を見回した。

「ママは?」

返事はない。

「一人で来たの？」

ぎこちなく頷く。

「またかぁ」

ぼそりとそう呟き、尚美はまた左右を見回した。もしかしたら、どこかで隠れて見ているかもしれない。どんな母親も子供のことは心配なのだ。尚美はそう思いたいのだ。

だが母親の姿を見つけることは出来なかった。

「……凄いね、蓮くん」

尚美は蓮の頭をわしわしと撫《な》でた。

「ちゃんと一人で来られたねぇ。じゃあ、中に入ろうか」

手を繋《つな》いで歩こうとした。

のろのろと歩き出した蓮を振り返る。

しきりに二の腕を掻《か》いていた。掻きすぎて、シャツに血が滲《にじ》んでいる。

「あっ、駄目よ、蓮くん。掻くと治らないよ。ちょっと見せてくれるかな」

袖《そで》を捲《めく》った。

ハンコを捺《お》したような円い火傷《やけど》の痕《あと》が点々と残っていた。

それが血の混ざった体液をだらだらと流しているのだ。

あっ、と小さな悲鳴を上げ尚美は後退った。

その傷は馴染みのあるものだった。

そうだ。

煙草《たばこ》を押しつけられた時の火傷の痕だ。

呼吸が荒くなる。

両手がぶるぶると震える。

「ちょっと、どうしたの?」

真っ先に様子を見に来てくれたのは洋子だった。

「あっ、何でもないです。すみません」

尚美は再び蓮の手を取った。

「一緒に行こ。絆創膏《ばんそうこう》貼《は》っちゃおう」

尚美は蓮を職員の控《ひか》え室《しつ》に連れていった。

袖に血がついている。

「ああ、それ着替えさせて」

後から入ってきた洋子が、新しいシャツを持ってきてそう言った。

「今ならシミにならないからね」

「はい。ちょっと着替えようか」

そう言ってシャツを脱がし、新しいシャツに着替えさせた。こんなことのために、Tシヤツはいつでも洗い立てが置いてあるのだ。

脱いだシャツを受け取った洋子は、早速洗面所へ向かう。

尚美は真新しいシャツの袖を捲《まく》り上《あ》げ、丁寧に、というよりも恐る恐る火傷の痕に軟膏《なんこう》を塗っていく。

それが終わったら、アニメの主人公が描かれたパッケージの絆創膏を取りだした。

「はいこれ」

箱から絆創膏を取りだし、傷口に貼っていく。

「お薬塗ったからもう大丈夫よ」

絆創膏三枚で傷は覆えた。

貼る間尚美は、もう大丈夫、もう大丈夫と呪句《じゅく》のように唱え続けている。

唱えながら、貼り終わった絆創膏を上から擦《さす》る。

押さえつけるように何度も何度も擦る。その間ずっと大丈夫大丈夫と言い続けている。

蓮が腕を放そうとするが、ぎゅっと摑んで放さない。

尋常でないものを感じ取ったのだろう。

洋子が近づいてきた。

「尚美先生?　尚美先生!」

尚美の肩に手を掛けた。

びくりとした尚美の腕を振り切った蓮が、洋子の後ろに隠れた。

「あっ、ごめん」

ようやく我に返ったのか、いつもの笑顔で尚美はそう言った。

洋子と蓮は恐ろしいものを見る目で尚美を見詰めていた。

*

夕方、まだまだ日が暮れるには余裕がある時刻から、子供たちのお迎えで保育園は賑わい始める。

丸一日親から離れて寂《さび》しかった子供は泣き、園にすっかり慣れて遊び足りない子供は帰りたくないと泣く。

おむつの持ち帰りで揉《も》め、怪我《けが》をした子供の責任問題で揉め、子供が具合が悪かったことを報告したしないで揉める。

トラブル処理の合間には、園児たちが先生さようならと可愛らしく頭を下げて帰っていく。お世話になりましたと笑顔の母親の姿もある。

本当に楽しそうに家路を辿《たど》る親子の背中を見ると、保育士たちもほっとする。

そして一人減り二人減り、広い遊戯室に残された園児の数がどんどん少なくなっていく。

日が暮れるにつれ静かになっていくのは物寂しい。残された園児たちが少し不安そうになるのもこの時間帯だ。

最後に残された子供がどれほど心を痛めているのか。考えるだけでも辛《つら》い。

その日、最後まで一人残されていたのは蓮だった。

昼間はあれだけ子供たちがいっぱいで狭く思えた遊戯室ががらんとしている。こんなに広かったのかと驚くほどだ。

尚美は散らかったままの玩具類を、てきぱきと片付けていた。

ちらちらと一人遊びをする蓮の様子を見ていた。蓮はずっと子供向けの図鑑を開き熱心に見入っている。

奥からやってきた保育士が、母親と連絡が取れなかったと尚美に告げた。

「なんかあったかな」

洋子が呟いた。

尚美は蓮の横に行ってしゃがみ込んだ。

「ねえ、蓮くん。ママ、何か言ってなかった」

蓮は図鑑に見入ったまま首を横に振った。

尚美は図鑑を覗き込んだ。

そこには死んだハサミムシが、自分の孵《かえ》した子供たちに喰われている写真が大写しで載っていた。ハサミムシは子育てをする虫で有名だが、このコブハサミムシは孵った子供に食べられてしまうのだ。

――どうして子供たちはママを食べちゃうんだろう。

写真にはキャプションがついている。

そのグロテスクさに尚美は眉間《みけん》を寄せた。

子供なら食われるかもしれないけど、母親が子供に食われるなんて、そんなおぞましいことが……。

自分の考え方が不自然なことに、その時の尚美は気づいていなかった。

*

「蓮くん、大丈夫だよ。何も心配することないからね」

それは自分に言い聞かせているのだ。

二十五になる成人女性とは思えないほど、尚美は心細かったのだ。

すっかり日が暮れていた。

高架の上を電車が走る。

町全体が通り過ぎていく電車に合わせて震えている。
侘《わび》しい町だった。
帰宅する誰もが肩をすぼめ先を急いでいる。
その人の流れからも離れて久しい。
尚美は蓮と手を繋ぎ、この世に残された最後の人類のように夜道を歩いていく。
繋いだ指先から、蓮の不安が尚美に流れ込んでくる。
暗く冷たい世界にたった一人だけ取り残されている。
その心細さ。
恐ろしさ。
気を抜くとその場にしゃがみ込んで泣き出しそうだ。
頑張れ。
尚美は自らに言い聞かせた。
スマホで検索しつつ、狭い路地を曲がる。そこに鉄製の階段があった。
それを見ると、蓮は尚美の手を振りほどいた。
「蓮くん、どうしたの」
蓮はその錆《さ》びついた鉄の非常階段に座り込んだ。
「行きたくないの？」

蓮は頷く。

「じゃあ、こうしようか。尚美先生が見てきてあげる。お母さんにここまで迎えに来てもらったら、それならいいでしょ」

蓮は俯いたままだ。

「じゃ、ちょっと見てくるね。絶対ここを動いちゃ駄目だよ。ちょっとだけだから待っててね」

頷く蓮を残し、かんかんと階段を上っていく。

部屋はこの安アパートの二階。

狭く暗い廊下の両脇に部屋が並んでいる。

似ていた。

彼女が子供の頃暮らしていたアパートにそっくりだと思った。思ったが、違う違うと否定する。安アパートなんてどこも同じようなものだ。あのアパートとは何の関係もない。

でも……くすんだ光が明滅する蛍光灯も、廊下に置かれたままのゴミ袋も、どれもこれもあの時のあの場所を思い出させる。何のためなのか、炭酸飲料の空き缶が廊下に沿って並べられている。こんなものまで見た覚えがあった。

この荒《すさ》んだ気配と、歩くたびに足裏がへばりつく、ねばねばした床材。一足一足、あの時のまま、過去へと引き戻されたように思えるのだ。

軽い眩暈《めまい》に、一瞬自分がどっちを向いて歩いているのかわからなくなる。

ばんっ、と大きな音がして扉が勢いよく開いた。

中から飛び出してきたのは小さな少女だ。

あれは……あれは誰だ。

駆け寄ってくる少女は下着姿だ。

左目の上が大きく腫《は》れ上《あ》がり、目を半《なか》ばまで塞いでいる。

——タスケテ。

少女が言った。

そう言いながら走ってくる。

駆け寄ってくる。

——タスケテ、タスケテ。

少女が尚美にしがみついた。

その腫れ上がった目や、汗と脂でべたべたした髪の毛。薄汚れた下着に裸足《はだし》、真っ黒の足の指。そのどれもが見知った物だ。

何故なら、何故なら彼女は私だから。

その後ろから女が走ってきた。

半裸同然の姿にガウンを羽織《はお》っただけの女は、「尚美、待ちなさい」と気怠《けだる》い声で言うと、逃げようとする少女の髪を摑んでぐいと引いた。
堪《たま》らず尚美は瞼《まぶた》を固く閉じた。
何もかもが闇の中に消えた。
そしてゆっくりと瞼を開いた。
腰にしがみつく少女などいなかった。
走ってくる少女は綺麗な子供服を着ている。そして尚美の横を走り抜けていった。
子供を追って母親が部屋から出てきた。
「勝手に行っちゃ駄目でしょ」
慌てて錠を締め、娘の後を追う。
通り過ぎる時、小さく尚美に頭を下げた。
気がついて頭を下げた時には、もう二人は階段を下りていた。
はしゃぐ子供の声と駆け下りていく足音が小さくなっていく。
待ってよ、と言っている母親の声も楽しそうだ。
そして尚美は荒んだ薄暗い廊下に残された。
部屋番号を見ながら歩いていて、子供用の三輪車を蹴飛ばしてしまった。
まだ胸がどきどきしている。
一度立ち止まり、深呼吸した。

湿った埃《ほこり》っぽい空気を大きく吸い込み、ゆっくりと吐く。

大丈夫。

自分に言い聞かせた。

『笠原』と書かれたプレートを見つけた。

前に立って、今一度深呼吸するとドアをノックした。

「笠原さん、あげは保育園の原田です」

返事はない。

ドアに耳を近づける。

何かががさがさと音をたてている。

すぐそこに何かがいる気配がする。

もう一度、ちょっと強めにノックをした。

「笠原さん、蓮くんの担任の原田です。蓮くんをお連れしました。開けてもらえますか」

話し終えて耳を澄ませる。

何の返答もなかった。

ノブを摑む。

回して引く。

ドアは少しだけ開いてそこで止まった。錠が掛かっているというより、何かが引っ掛かって開かないようだ。

思いきって力を込めノブを引いてみた。

少し開くがそれまでだ。

後ろでそれに逆《さか》らう力がある。

まるで誰かがノブを掴んでいるように。

開いた隙間《すきま》はわずかで、中が見えるわけではない。

そこに口を近づけ、言った。

「誰か、もしおられたら、開けてください。蓮くんを連れてきているんです」

さらに声を張り上げて言った。

「すみませんっ！」

まったく反応がなかった。

諦《あきら》めて階段を下りていくと、蓮は一人でじっと座って待っていた。

「偉いなあ。じっと待っててくれたんだね。ありがとう。でもね……どうも誰もいないみたいなんだよね」

それに驚くわけではない。幼《おさな》いなりの諦念《ていねん》を感じて、尚美は余計胸が苦しい。

「そうだ、蓮くん。いい物あげる」

尚美は自分の鞄《かばん》につけてあった手作りのお守りを外した。

「じゃーん、元気になれるお守り」

「おま、もりってなに」

蓮が聞き返した。

「そうだな。寂しい時とか悲しい時とか、あと大好きな人と一緒にいられない時とかに、これをぎゅっと握ってると、すっごく元気になれるの。持ってる人を守ってくれるからお守り」

「嘘だあ」

否定しているが嬉しそうだ。今までの沈んだ雰囲気が少しだけ失《う》せた。

「嘘じゃないよ。先生が今まで嘘をついたことある？」

「ない」

すぐに返事がくる。尚美のことを本当に信用しているのだ。

「でしょ。これ、蓮くんにあげる」

紐を蓮の首に掛けた。

「大事にしてね」

「うん……ありがとう」

少し照れくさそうにそう言った。

「ねえ、ママが帰ってくるまで、尚美先生がママになってあげようか」

「ほんと?」

蓮の顔にようやく笑みが浮かんだ。

「じゃ、指切り」

差しだした尚美の小指に、蓮の小さな小指が絡まった。

「さてと、今日はこれからどうするかだけど」

そう言った尚美の顔を、蓮は審判を待つ罪人の顔でじっと見ている。

「ちょっと待ってね。連絡入れるから」

尚美は携帯を取りだして立ち上がり、蓮に背を向けた。

「あっ、駿也。あのね、ちょっと事情があって」

尚美は蓮の事情を簡単に説明する。

「嫌なの? でしょ。そうだよね。警察って言われても、そんなことはわかってるわよ。明日には連絡するつもりだけど、だけど今あの子には誰かの愛情が必要なの。お願い、今日だけだから。約束する………ありがとう。うん、帰ってからね。じゃあ」

鞄に携帯を仕舞い込んで、尚美は蓮に言った。

「あのね、今日のところは先生のところに泊まろうか」

「えっ、ほんと?」

子供は感情がそのまま表情に出る。光が差したかと思えるほどにその顔が明るくなった。

「いくいく」

尚美に手を伸ばした。

「よし、行くぞ」

二人はしっかりと手を繋ぎ、バス停へと向かった。

4.

部屋の明かりを落としてあるのは、それだけ音に集中出来るからだ。

駿也はICレコーダーから繋いだヘッドホンを耳に押しつけるようにして聞いていた。

ショッピングモールで出会った少女が歌っていた歌を録音してあるのだ。

しかし雑踏のノイズやショッピングモールでずっと流れているBGMが邪魔をし、ただでさえ聞き取りにくい歌をほとんど判別不能にしていた。

幾度も聞き返し、だいたいわかったところから書き起こしていく。

「さみのぼう？　かみろぼう？」

何度か自ら口ずさむがよくわからない。

ヘッドホンを毟《むし》り取《と》り机に置く。

狭いアパートの中に作った、ここが駿也の城だ。

大きく伸びをしたタイミングで、ドアホンのチャイムが鳴った。

テーブルの上はそのままに、玄関に出た。

扉を開く。

「ただいま」

尚美がにこにこしながら言った。

その後ろに隠れるようにしている男の子がいる。

「いらっしゃい、蓮くんでしょ。よろしく」

駿也が握手を求めるが警戒している。

「蓮くん、ご挨拶は」

尚美が促しても喋ろうとはしない。

駿也を指差し、尚美は笑顔で言った。

「この人は先生のお友達。蓮くんも仲良く出来る?」

「お友達?」

駿也は自分を指差した。

「でしょ」

「友達ねえ」

「細かいことは後々」

尚美が蓮と一緒に部屋に入ってきた。

卓袱台《ちゃぶだい》を挟んで蓮と駿也が向かい合って座る。

「蓮くん、ジュース飲む？」

「あ、はい」

トレイに載せて持ってきたコップを蓮の前に置く。自分はその隣に腰を下ろし、駿也と自分の前には湯気の立つ湯飲みを置いた。

「このお兄ちゃんはね、こう見えても三多摩《さんたま》新聞社の新聞記者なんだよ」

「しんぶんししって」

「しんぶんきしゃ、悪を暴《あば》く正義の味方だよ」

すごいだろ、という顔をした駿也の腹が、ぎゅるぎゅると大きな音をたてた。

「そういや、今日はなんも食ってなかった。コーヒーだけ」

慌てて言い訳をする。

その途中で、今度は蓮の腹が小犬の鳴き声のような音をたてた。

「何か飼ってるの？」

そう言って駿也は身体を乗り出し、蓮の腹に耳を近づける。

尚美がクスクスと笑った。

つられて蓮が笑い出し、最後には三人でゲラゲラと笑った。

「何か作ってくれるかな」

駿也が言うと、尚美は唇を尖《とが》らせた。

「何でよ。先に帰った方が夕食を作る約束でしょ」

「だからちょっと気になる仕事の続きをさあ」

「言い訳は聞きません。駿也は食事抜きが決定」

「ええっ、そりゃないよ」

「蓮くん、何食べたい？」

「オムライス」

「あっ、俺も俺も」

「じゃあ、蓮くんと一緒に手伝いなさい」

「はい」

二人が声を揃《そろ》えた。

台所で尚美がケチャップライスを作っている間、駿也と蓮で卵を割る。

「おっ、蓮くん上手《うま》いなあ」

「あっ、殻が入った」

「それは殻じゃないんだよ。カラザっていってね、これが卵の中心に黄身を固定させているんだ。つまり安全ベルトみたいなもの。これがあるから黄身が傷つかないんだね。昔はこれって取っちゃったんだけど、別に取る必要はないんだよ」

わかっているのかいないのか、蓮は熱心に駿也の話を聞いていた。

「卵掻き混ぜたら持ってきてね」

台所から尚美が呼んだ。

溶き卵がたっぷり入ったボウルを持って、駿也と蓮は台所へ向かった。

尚美は手際よく卵を焼き、ケチャップライスを入れて形を整える。あっという間に三人分のオムライスが出来上がった。仕上げにみんなの顔を尚美がケチャップで描いていく。もともと絵は得意ではなかったのだが、保育士になるために多少は勉強した。おかげで犬と人を描きわけることくらいできる。

みんなで温かいオムライスの皿を持って卓袱台に戻ってきた。いきなりケチャップで描いた顔を崩して食べると悲鳴が上がったり、描いた顔がブサイクだとか似てないとか、食べ終わるまで大騒ぎだ。

食器の片付けも三人で手分けしてお風呂《ふろ》に入った。駿也と蓮は風呂の中でも大騒ぎだった。蓮は興奮したまま身体を拭《ふ》いて髪を乾かし、敷いた布団に突入して、川の字になって横になり尚美が絵本を読み聞かせて、くたくたに疲れて寝入った。

尚美が読んでいた本を、枕元《まくらもと》にそっと置く。

「なんかいいな、こういうの」

駿也がぼそりと呟いた。

「反対してたくせに……駿也の家って毎日こんなだった？」

「まあ、普通だけど似たようなもんかな。もっと喧嘩して怒られたり、騒がしかったけど。うち、ほら兄弟が多いから、しょっちゅうお袋がガミガミうるさいし――」

自分がこれぐらいの歳《とし》だった頃のことを、尚美は思い出していた。

家は荒れていた。原因は父親の浮気だった。毎晩喧嘩を繰り返し、とうとう父親が浮気相手と一緒に逃げ出してしまった。具体的に何がどうなっていたのか、幼い尚美にはわからなかった。ある日突然母親が鬼の形相で尚美を怒鳴りつけてきた。原因は覚えていない。脱ぎ捨てた服にティッシュが入ったままだったとか、トイレを汚したとか、そんなことだ。その日その時、母親を母親としてまとめていた箍《たが》のようなものが外れたのだろう。ことある毎《ごと》に尚美を怒鳴りつけるようになった。怒鳴ることで怒りは増す。やがて手を出すようになり、躾《しつけ》と称して煙草の火を押しつけるようになった。泣き喚《わめ》き、顔を見るたびに怯えるようになると、それじゃあ私が虐待でもしているようだとまた怒った。

そしてあの時、母親は尚美を押し入れに閉じ込めた。ごめんなさいごめんなさい、と泣き喚いたが「あんたなんか産まなきゃ良かった」と吐き捨てるように言われただけだった。

暗い押し入れの中で尚美は泣いていた。恐ろしく悲しく寂しく、涙とともに闇の中に自分が流れ出ていくような気がした。そして、そして……。

尚美はムクリと半身を起こした。

「母親って何だろう」

「えっ」

立ち上がり、尚美は部屋を出て洗面所へと向かった。

駿也は後ろからそっと覗き見た。

肩を震わせて泣いているように見えた。

駿也は声を掛けることも出来ず、後ろから揺れる背を、ただじっと見ていた。

5.

子供たちの歓声が聞こえる園庭で、洋子は園児が汚したビニールシートを洗い流していた。

その横に立った尚美が頭《こうべ》を垂れている。

叱られているのだ。

「どういうつもり」

「どうしようもなくて」

「あのねえ、連絡もなしに自宅に泊めるなんて、あり得ないわよ」

「はい」

さらに頭を垂れる。

「もし園とか、他の保護者に知られたらどんな風に言われるか」

「すみません」

「私だってかばいきれる限界ってもんがあるからね」

そこに園庭でみんなと遊んでいた蓮が駆け寄ってきた。

「ママー一緒に遊ぼう」

蓮は大きな声でそう言った。

洋子と尚美が顔を見合わせる。

「えぇ、尚美先生、蓮くんのママなの」

ああ、それはと言い訳する間もなく、集まってきた子供たちが騒ぎ出す。

「いいなあ」

「ずるい、ぼくも」

「私のママにもなって」

みんなが尚美の服を摑み腕を摑みエプロンを引っ張る。

「ほらほら、尚美先生困ってるでしょ」
洋子はそう言って子供たちを園内へと誘った。
そこに蓮の姿がないことに気がつき、尚美は周囲を見回した。
蓮は一人離れたところに立っていた。
その向こうにジャングルジムがある。
何かが反射しているのか、その一部が激しく輝いていた。
蓮はその光へと向かって歩いていく。
近づけば、目映《まばゆ》い光が蓮の身体を包んでいるように見える。
「蓮くん」
呼び掛けながら尚美は後を追った。
そしてそれを見た。
ジャングルジムの上に立つ男だ。
光を背景に黒くシルエットとなって男は立っていた。
黒く長いマントが揺れている。
男は蓮と何事か話し合っているようだった。
近づくにつれて細部が見えてきた。
ジャングルジムの上に立つ黒ずくめの男は、巨大なカラスのように見えた。

明らかに不審者だ。

何か言うべきだ。

尚美はそう思ってさらに近づく。

つばの広い帽子を被《かぶ》った顔が、にゅっと尚美の前に突き出された。

まるで作り物のような美しい顔だ。

その顔の所々が墨のようなもので汚れている。

かあぁ。

男の肩に止まっているカラスが鳴いた。

いや、鳴くはずはない。それはどう見ても作り物のカラスだ。しかもその足は溶けこむように、男の肩に埋まっている。

ぎろり、と濡れた瞳が尚美を睨んだ。

にゃあああ。

今度は彼の腹で猫が鳴いた。ベルトのバックルが猫の顔なのだ。顔は明らかに布製のぬいぐるみだった。

にもかかわらずそれは大口を開いて鳴いている。そこからのぞく肉色の口腔は生々しい。中で赤い舌がへらへらと動くと唾液が滴《したた》った。

にゃぁあああ。

かぁぁああ。

——静かにしなさい。

男がそう言うとカラスも猫も黙り込んだ。

「だ、誰？」

——ああ、これだから大人は。何でそんな大事なことを忘れちゃうかなあ。

「蓮くんに何をしたの」

——それはきみが知ってるんじゃないのかな。

そう言うと、男はマントを翻《ひるがえ》した。パタパタと長く黒い尾が揺れる。毛むくじゃらのそれは、どうやら男の尻から直接生《は》えているようだった。

「尚美先生、先生！」

振り返ると洋子が不安げな顔で尚美を見ていた。

「尚美先生、あなた大丈夫？」

「先生、あそこに——」

振り返りジャングルジムを指差す。

そこには誰もいなかった。

「だって今、洋子先生、あの男っ」

「男？」

洋子の腕の中で、蓮はじっと尚美を見詰めていた。

その背後から近づいてくるスーツ姿の二人組の男が見えた。

尚美はじっと近づく男たちを見ていた。これも消えてしまうのではないかとどこかで思っていたのだ。

二人は消えることなく洋子の横に来た。

若い方の男が言った。

「すみません、こちらに笠原蓮くんって子はいますか」

「彼ですけど、どちら様でしょう」

「ああ、警察です」

警察手帳を二人に見せた。

「ちょっとお話をうかがいたいのですが」

「こちらにどうぞ」

園庭は外から丸見えだ。

警察とはわからないだろうが、明らかに異質な人間と話しているところを、特に保護者に見られると何を噂されるかわからない。

洋子は園内へと二人を入れると、応接室へと招いた。

尚美が園長に報告しに行っている間に、洋子は刑事たちの話を聞いていた。すぐに園長が加わり、お茶を淹《い》れて戻ってきた尚美も園長に頼まれ同じ席についた。

「先ほど言いました蓮くんの担任が、彼女、原田尚美です」

洋子がそう紹介すると、手帳を手にした若い男が言った。

「昨夜、笠原蓮くんがあなたの家に泊まっていた。これは間違いないですか」

「はい、すみません」

ああ、やっぱりそれが大事《おおごと》になってしまったんだ。お母さんから連絡があったのかもしれない。尚美はそう思って頭を下げる。

「じゃあ、ちょっと質問に答えてもらえますか。原田さん、昨夜あなたが笠原さんのお宅を訪問したのは何時頃でしたか」

「え、だいたいですが、夜の七時過ぎだったと思います」

二人の刑事が顔を見合わせた。どうも様子がおかしいと尚美も思い出してきた。

「それが何か」

「その時はどんな様子でした」

「どんなって、ノックしても返事がなかったので留守かなと」

「何か、お気づきになることはありませんでしたか」

ドアの向こうに気配を感じた。それはそうなのだが、それが事実なのか錯覚だったのか、尚美自身にもよくわからない。

「ドアの向こうに声を掛けた時、何か音がしたので、ひょっとして居留守かな、と思って……」

「それで？」

年嵩の方の刑事が先を促した。

「でも思い過ごしだったようで、そのまま蓮くんを連れて帰ったんですけど……あの、何かあったんでしょうか」

一瞬確認を取るように若い刑事が年嵩の刑事を見て、言った。

「今日の昼過ぎ、蓮くんのお母さん――笠原すみれさんが自宅で亡くなっているのが発見されました」

「ええ！」

尚美は思わず叫んでいた。

「それは、間違いないんですか」

「死亡推定時刻は昨夜の七時から八時。ドアノブで首を吊《つ》っていたんです」

あの時だ。

尚美はドアノブを引いた時の、あの感触を思い出す。あの先に、笠原すみれはいたのだ。

掌に、あの時の感触がまざまざと思い出される。

重く、もったりとした抵抗。

その先に何かを引っ掛け首を吊っている女性。まだ息がある。ドアノブを動かされ、微妙に彼女は動いたはずだ。

もしかしたら呻《うめ》き声《ごえ》を上げたかも。いや、助けを呼んでいたのかも。

頭の奥底で恐ろしい妄想がどんどん広がっていく。

もしかしたら、誰かが口を押さえていたかもしれない。誰かがその脚を引っ張っていたかもしれない。

すぐそこにいたかもしれない悪魔のような人物の顔すら思い浮かぶ。

「遺書はありませんでした。彼女は情緒不安定だったようですが、蓮くんに何かおかしな点はありませんでしたか」

「もしかしたら虐待があったのではないかという報告を彼女から受けていました」

洋子は尚美を見る。

「その報告は私も受けています。その時に児相に相談もしています」

園長が言った。

「担当者も交えて対策も考えたのですが……まさか蓮くんのママがそこまで病んでいたとは知りませんでした」

洋子はそう言って俯いた。

蓮くんのママは自殺した。

その事実を蓮に伝えなければならないと思うと、尚美は泥でも呑《の》んだように気が重くなるのだった。

Fragment：1

おまえの兄さんはみんなに喰われたんだよ。

幼いファマーはことある毎に母親からその話を聞かされた。確かに彼が生まれた頃に大《だい》飢饉《ききん》があり、犬猫はもちろん、子供たちまでがさらわれ食糧にされていたのは事実らしい。

しかしだからといって彼の兄が本当に誰かの腹に収まったのかどうかはわからなかったし、どうしてそれをあえてファマーに聞かせようとするのかがわからない。とにかく何かあると、兄が殺され調理されていくまでの様子を事細かに五歳のファマーに語るのだった。そんなものを見たはずがないのに。だいたい、ファマーの母親は誰かの犠牲になるような人間ではなかった。子供を人に喰われるぐらいなら、自分で喰うような女なのだ。

ファマーはウクライナの田舎町《いなかまち》で、この母親に育てられた。父親はナチ収容所で死んだと教えられていた。実際は父親が誰なのか母親にはわからなかったのだろう。母親は生活費を稼ぐために、合法非合法を問わずどんなあくどいことでもやってきた。

幼いファマーは色白で可愛い顔をしていた。ひ弱で人形遊びが好きなファマーを、母親は女として育てた。その方がずっと利用価値があったからだ。

彼が七歳の時だった。

野菜屑《くず》しか入っていないスープと、石のようなパンの夕食を食べ終わったその夜。瘦《や》せた長身の男がいきなり家の中に入ってきた。偽ビーバー革の帽子を被り、黒く重そうなロングコートを着ていたのだが、悪霊のような酷い猫背のせいでそれほど大きくは見えなかった。

母親は男を見ると、下卑《げび》た笑みを浮かべて「これがファマーだよ」と男の前に押し出した。

男はファマーの尻と肩の肉を、引き千切るのかと思えるほどの力で摑み揉んだ。それから髪と両耳を子細に調べた。

男はその陰鬱《いんうつ》な顔に相応《ふさわ》しい陰気な声でそう言った。言った時には顎を摑んで無理矢理大口を開けさせていた。

「口を開け」

男は口の中を覗き込み、時には指で歯を摘まみ、揺すり、一人うんうんと頷いていた。

それから男は金額を提示し、母親は何度か首を横に振ったのだが、最後には折れて男の言い値を呑んだ。

彼はこの近辺では有名な〈偽ビーバー〉と呼ばれる女衒《ぜげん》だった。

彼はファマーの腕を引き、暗く凍《こお》った田舎道を三十分歩かせて娼館《しょうかん》へと連れていった。

館《やかた》というよりは小屋に近かったが、それでも雨露さえろくにしのげないファマーの生家に比べればずっと家としての体裁を成していた。

扉を開けると厚化粧の女が現れて二人を中へと招いた。濃い化粧を施しても、額から頰に掛けての惨《むご》い傷は隠しきれてはいなかった。

〈偽ビーバー〉はその女から金を受け取ると、頑張れよ、とファマーの尻を叩いて出ていった。

女は自らを希望《ナディヤー》と名乗った。

ナディヤーは娼婦《しょうふ》たちの教育係だった。まずは風呂に入れられ、身体の磨《みが》き方から教えられた。シラミだらけの頭は一度坊主《ぼうず》にされた。坊主頭はここに来たばかりの子供を意味する身分証のようなものだった。

「すぐ服を着ろ」

乾いたタオルで身体を拭いていると、ファマーはそう言って急《せ》かされた。

「裸に慣れるな。裸でいるということは恥ずかしいことだ。恥ずかしさを身につけろ」

支給されただぼだぼのワンピースは、しかし忠告とは裏腹にすぐ脱がされた。

血で汚したくないから、とナディヤーは言った。そしてベッドに仰向けに寝かせると、両足を大きく開いて尻を持ち上げさせた。痩せた尻を見て、もう少し太れ、と言いながら節穴のような肛門《こうもん》に油を塗った。

男の言うことには素直に従え。おかしな駆け引きはするな。

接客方法を説明しながら、ナディヤーはスカートの裾《すそ》をたくし上げた。生白い魚のようなペニスが現れた。

あたしは女だよ。

そう言いながらナディヤーは油で汚れた指で自らを弄《もてあそ》んだ。

ファマーは痛みに鈍感な子供だった。それでもナディヤーが腰を動かすと縊《くび》り殺される羊のような悲鳴を上げた。その最中にも細かな接客術を説明された。痛みに押し流されそうになりながらも、ファマーはそれを必死になって記憶した。ファマーはこういった人間の言う躾というものをよく理解していた。そうすることで今まで生き延びてきたからだ。

その翌日から彼は自らの身体で金を稼ぐことを学んだ。

毎日毎日物のように扱われた。折りたたまれ引き伸ばされ押しつけ挿し入れ転がされ振り回された。それでも実家で母親と暮らすよりはましだと思っていた。最後には喰われるのだろうと諦念の中で考えていたが、その死すらファマーにとってはやがて来る未来の一つでしかなかった。

ファマーの唯一の趣味が人形ごっこだった。暇があれば自作の人形で遊んでいた。本人に人形と遊んでいるつもりはなかった。それは一種の空想の友人《イマジナリーフレンド》だったからだ。ファマーは彼の頭の中の住人に、人形の身体を与えただけだった。針と糸とぼろ布を詰め込んだ布袋が彼の宝物だった。出来上がった人形は台所の床板を剝《は》がしてその下に隠してあった。一度人形で遊んでいるのを見つかって、驚愕《きょうがく》した母親にすべて捨てられてからは、隠し場所に慎重になっていた。ファマーは家を出る時、何もかも家に残してきた。

彼は娼館で働きながら、苦労して針と糸と布きれを集めた。ファマーは同じような境遇の子供と同室だった。ベッドは一つしかなく、寒い夜は抱き合って眠った。そのベッドの下に、裁縫道具を隠し、ファマーはこっそり人形を作った。同室の子供がそれに気づいた時、ファマーは彼を床に押しつけ、その眼球に触れるほど裁縫の針を突きつけ、このことを誰かに話したらその目を抉《えぐ》り取《と》ると脅した。

彼は同室の少年を躾《しつ》けたのだ。

ファマーは慎重な人間だった。仲間と思える身近な人間が一番の脅威となることを、よく知っていた。

娼館で寝泊まりするようになって半年が過ぎた頃の話だ。

町に雑貨を買いに出た帰り道、殴りながら挿入するのが好きなロシア人の水道工事人と出会った。気づかぬふりをしたが、男から声を掛けてきた。すでに濃い欲望の臭いがしていた。その時にファマーは覚悟していた。川沿いの叢《くさむら》に押し倒された時には、もう抵抗する気など失せていた。

男が腰を使っている時、ふと横を見ると大きなカラスの死体があった。カラスは嘴《くちばし》を緩《ゆる》く開き、白濁した目を見開いていた。

「カラスさん、カラスさん」

ファマーが荒く息をつきながら呼び掛けた。

――やあ、ファマー。元気そうだね。

カラスは親しげに彼の名を呼んだ。

「喋んじゃねぇ、クソガキが」

そう言って男は平手で頬を撲《ぶ》った。

殴られると思ったら歯を食いしばる。

そうすれば口の中を切らない。

それがファマーの生活の知恵だ。

――やあ、コースチャ。君も元気そうで何よりだ。

腰の動きが止まった。

不思議そうな顔でファマーを見ている。

それはいつものイマジナリーフレンドの台詞だった。頭の中の住人の声を、ときどき彼は口に出して喋っていた。少しばかり風変わりな独り言だが、それを人前で口に出したのは初めてだった。

〈カラス〉の台詞がするすると口から出てくる。

——今喋ったのは同志《タヴァーリシ》ファマーじゃない。彼は無口なんでね。言ったのは俺だよ、コースチャ。どうでもいいけどいつまで経《た》ってもセックス下手だよね。腰動かせばいいってもんじゃないんだ。土掘ってるんじゃないんだから。まあ、確かにあんたのアソコはミミズ並みだけどな、かかかかかかかぁああ。

死んだカラスの口が大きく開いた。

男はじっと死んだカラスを見ていた。

嘴を押し開けて、中からつやつやした真っ黒の虫が出てきた。カラスの魂が這い出てきたようだった。

「クソ気持ち悪いガキだな」

男はファマーの顔に唾を吐きかけ、立ち上がった。

すっかりやる気が失せたようだった。

暴言に怒り出すこともなく、そそくさとベルトを締めてどこかへ消えていった。

「ありがとう」

ファマーは死んだカラスに礼を言った。この頃彼は、自分でそれを喋っているのだとは思っていなかった。

やがて彼はそれを意識的にするようになるのだが、それはずいぶんと先の話だ。

第二章

継父は大ばか野郎で、大酒飲みだった。やるべきことをやるべき方法でやらないと、ぶっ飛ばされちまう。手をつかんで、ライターの火で指を焼くってのもあったな。盗みでもやろうもんなら、指をたたきつぶされるぜ。

「ビリー——恐るべき子ども」より

『9人の児童性虐待者』パメラ・D・シュルツ著　颯田《さった》あきら訳

1.

トミーの呪い。

確かにそんな都市伝説が噂されている。そこまでは駿也も調べた。それを駿也に伝えた女子中学生、友里は酷く怯えていた。確かに死体の第一発見者なのだから、怯えていてもおかしくはないのだが、駿也の勘は何かがおかしいと彼に告げている。

だからこそ、あの事件で孤児になった瑠奈を訪ねて児童養護施設『星之蒼空学園《ほしのあおぞら》』までやってきたのだ。しかし彼女はその事件がよほどショックだったのだろうか。何も覚えていないだけではなく、興味もないようだった。いくつかの質問にほとんど答えることなく、庭の隅でダンゴムシをつついて遊びだした。

オンにしたICレコーダーを手にしているが、そこには己の声しか入っていないだろう。

そのうち瑠奈が歌を歌いだした。はっきりとは聞き取れないが、聞き覚えのある歌だった。すぐに思い出した。ショッピングモールで出会った少女が歌っていた歌だ。これが、友里が忘れられないと言っていた歌なのだろうか。

「瑠奈ちゃん、あの、もうおやつの時間なんで、いいですか」

「ああ、すみません」

「ほうら、おてて洗って部屋に入るわよ」

二人揃って部屋へと向かうのを、駿也は慌てて呼び止めた。

「あの、瑠奈ちゃんの歌っている曲、何て曲なんですか」

「え、さあ？　そういえば瑠奈ちゃん、その歌よく歌ってるね。瑠奈ちゃん、今度先生にもその歌教えてよ、それじゃあ失礼します」

施設で教えている歌ではないようだ。

しかしこの歌を中心に、何か解明に繋がる糸口が見えてきたような気がしていた。

あの少女は、近藤も知っていたようだ。

そのことを思い出した駿也は、今から近藤に会いに行けるかと時計を見た。

これから先輩の取材につき合うことになっている。それが終わっても仕上げなければならない記事が山積みになったままだ。少なくとも先輩に「馬鹿馬鹿しい話」だと思われているものに、これ以上時間を割《さ》くことも出来なかった。

仕事を片付け、会社を出た時にはすっかり日が暮れていた。それから急いで近藤のリサイクルショップへと向かう。

ショッピングモールに着いた時には、店内で蛍の光が流れていた。

帰路につく人の流れに逆らって、駿也はリサイクルショップに辿り着いた。表に出ていた商品を片付けている店員に訊ねる。

「あっ、昨日はどうも……店長いる？」

「奥にいるみたいですけど」

迷惑顔でそう言った店員はそのままに、奥の事務所へ行く。

「近藤」

呼び掛けたが返事はない。事務所には誰もいなかった。事務所の奥に扉がある。その向こうは倉庫のはずだ。

駿也はその扉を開いた。

薄暗い倉庫の奥に近藤がいた。スチールの棚に置かれた大きな箱を開けている。何かを手にしている。古ぼけた人形だ。白い手袋をしていた。何故かそれだけ輝くほど白い。

「おい、近藤」

呼び掛けると、近藤は慌てて箱の蓋《ふた》を閉め、箱を棚の奥へ押しやった。

「おっ、おう、駿也か」

言いながら近藤は駿也に寄ってきた。肩を組んで押し出すようにして倉庫を出る。

「なんだ。どうした」

明らかに近藤は動揺していた。

「……おまえ、どうかしたか」

「えっ、何が」

無理矢理浮かべた笑顔が歪《ゆが》んでいる。

「何かあっただろう」

近藤はしばらく暗い顔で俯いていたが、何事か決意したのか駿也の顔を見て話を始めた。

「ちょっと前、万引きを捕まえたら小さな女の子でなあ。いわゆる魔が差したってやつだ。一通り話を聞いて結局警察には連絡しなかったがな」

「ここで話を聞いてたのか」

「ん？　ああ、そうだ。みんなに知られずに処理した方がいいだろう。真面目《まじめ》そうだったしな」

もうやるんじゃないぞ、と言いながら倉庫の錠を掛け振り返ると少女の姿はなかった。

「目を離したのはほんの一瞬だったのに、急にいなくなったんだ。消えちまったのさ。一瞬で」

「普通に出ていっただけでしょ」

「かもな。ところがそれからちょっと奇妙なことが続いてな……」

近藤はぶるりと身体を震わせた。

少女が消えた日の夕方から起こったことは、「ちょっと奇妙なこと」程度の話ではなかった。

近藤はレジに入っていた。するとレジ前の試着室に小さな女の子が入っていくのが見えた。するとそこから歌が聞こえた。その歌が何か恐ろしく、近藤はそっと近づいて試着室のカーテンを開いた。中には誰もいなかった。にもかかわらず、正面の姿見にはこちらを見る少女が映っていた。万引きした少女だ。思わず声を上げて後退るが、足がついてこない。後ろに転けて尻餅をついてしまった。

それで初めて気がついた。店内に誰もいない。

閉店後のようにがらんとしている。流れていたはずのＢＧＭも消えている。しんと静まった中、正面に少女が立っていた。少女はすたすたと近づくと近藤の胸ポケットに何か突っ込んだ。それから唐突に歌い始めた。するとそれに誘われるように、周囲から子供たちが湧いて出てきた。気持ちの悪い子供たちだった。その気味悪さの正体はすぐにわかった。眼球の代わりに泥玉を詰めたような目をしていた。その目がぬめぬめと光っている。

子供たちは少女と一緒に歌いながら、近藤へと迫ってきた。どの子供も楽しそうに笑っている。新しい玩具を見つけた顔だ。その目さえなければ近藤も一緒に笑顔になれたかもしれない。だがそうはならなかった。近藤は心底怯えていた。震えが止まらず立ち上がることすらかなわなかった。這うようにしてその場を逃れ、必死になって助けを呼んだ。

ところが、その時には店内はさっきまでと変わらない賑わいを見せていた。慌ててやってきた店員に「そこに子供たちが」と試着室の辺りを指差したが、当然のようにそこには誰もいなかった。今でも明確にその時の事を思い出せる。だがその恐怖はあまりにも圧倒的で、それを口にすることすらおぞましい。

「で、その子がいなくなったのっていつのことだ」

黙り込んだ近藤に駿也は訊ねた。

「えっ……三日前だが」

「その子、歌を歌ってなかったか」

「歌？」

近藤は知らぬ顔をしたが、どう見ても動揺しているようだ。

駿也はＩＣレコーダーを取りだし、歌を流した。

「こんな歌だよ」

——かんくろーさん、かんくろーさん。

近藤の目が大きく見開かれた。

固く握りしめた拳が、ぶるぶると震えている。

「や、やめろ」

血走った目で近藤は言う。

「頼む、駿也。止めてくれ」

「……もしかして、おまえ、その子に何かしたのか」

「えっ、何が、どういう意味だ。何が言いたい。俺が何をしたって。その歌やめろって言ってんだろう」

近藤は駿也のＩＣレコーダーを叩き落とそうとした。しかし駿也はもうとっくにレコーダーをオフにしていた。

「おい、近藤」

「いい加減にしろ。その歌をやめろって」

言いながら近藤は事務所から飛び出した。

駿也にはその「歌」が聞こえていなかった。

「待てよ」

追う駿也の目の前で扉が閉じた。錠を掛けてもいないのに、扉が開かない。

ドアノブをがしゃがしゃと動かし、ドアを叩いてみるのだがびくともしない。

扉には小さな小窓がついていた。

そこから外を覗き見る。

すでに店員も皆帰ってしまったようだ。ひっそりとした店内は、明かりを落としたのか薄暗い。店舗の向こう側には子供たちのための遊戯施設がある。何故かそこだけ明かりが煌々《こうこう》と照らされている。遊具が動いているようにも見える。そしてどこからか笛の音が聞こえていた。それはあの、少女が歌っていたメロディーだ。

「近藤！　近藤！」

叫んでみたがそれだけだ。

近藤の姿はもう見えない。

諦め、別の方法を考えようと扉の前を離れると、ゆっくりと扉が開いた。

近藤の名を呼びながら外に飛び出した。

ショッピングモール自体がもう閉店しているのだろう。廊下の電気も落ち、人一人として残っていないようだった。

にもかかわらず遊戯施設の前には電動式の車がゆっくりと動いていた。

膨らませて作る大きなテントの中に、カラーボールで満たされたプールがあった。

その上にリュックが載っていた。

駿也は中に入り、そのリュックを手にした。確かそれは近藤の持っていたリュックだ。

「近藤……」

駿也は思いついて携帯で近藤を呼んでみた。

着信音は彼が持っているリュックから聞こえていた。

くそっ。

小さく罵《ののし》って、駿也はボールを蹴り上げた。

何故かもう二度と会えないような気がしていた。

2.

「ただいま！」

近藤はマンションの扉を閉じると慌てて錠を掛けた。

「おかえり！」

そう言っていきなり息子が飛びついてきた。

近藤は思わず悲鳴を上げそうになった。

全身汗びっしょりだ。

ここまでどこをどのようにして帰ってきたのか、彼自身わかっていない。それでも、とにかく自分の家まで帰ってこられたのだ。

ほっと息をつき、汗を拭った。

息子は小犬のように近藤にまとわりつきながら「おとうさん、遅い」と文句を言った。

「悪い悪い」

笑顔を浮かべて近藤はそう言うと、息子をおんぶしてリビングへと向かう。今日は息子の大事な誕生日だ。プレゼントも用意してあったのだが、それはリュックと一緒に忘れてきた。しまった、と思ったが今更取りにも戻れない。

「ただいま」

奥のキッチンへと向かって近藤は言った。

「おかえりなさい」

エプロン姿の妻が出てくる。

「ユウくん良かったね」

息子を見て妻が言う。

「この子、お父さんと一緒に誕生日するんだって、ずっと眠いの我慢してたのよ」

「あ、ああそうか。悪かったな」

そうだ、いつもと変わらない毎日だ。何も変わらない。良い妻と良い息子。何て幸せな家庭なんだろう。

近藤は改めてそう思った。

息子をおんぶしたまま、近藤はリビングのカーテンを閉めていく。わずかな隙間も許さず、きっちりと閉めていく。何かがそこから覗かないように。何かがそこから侵入しないように。

「何してるの」

「防犯だよ、防犯。夜になってカーテンを開けたままにしておくと覗かれるぞ」

そう言って息子を床に下ろし、ソファーにごろりと横になった。

「どうかした？」

「いや、ちょっと疲れてて」

「お疲れさま。すぐ準備するから待ってて」

すぐに息子が近づいてくる。

ソファーによじ登り、横になった近藤の上に跨《また》がった。

「おとうさん、ライオンね」

そう言うと摑み掛かってきた。

「がおおお、食っちゃうぞ」

叩いたり摑んだりやり放題の子供を適当にあしらう。子供の相手をしている時は本当に癒《いや》される。心が落ち着く。

「やめなさい、お父さん疲れてるんだって……ほら、ユウくんもお手伝いして」

そんなことを言われたからといってやめる子供はいない。

とうとう玩具の拳銃《けんじゅう》を取りだしてきた。

引き金を引くと、吸盤のついた矢が飛び出る玩具だ。

「わあ、やめろやめろ」

息子が顔目掛け銃を撃った。

思わず目を閉じる。

吸盤は額に当たって跳ね返った。

「こら、痛いよ……」

言いながら目を開く。

息子の姿がない。

目を閉じる寸前まで胸の上に跨がっていたのだ。その重みも残っている。

えっと身体を起こそうとして、キッチンから妻と一緒に出てきた息子を見た。
二人は食器を持ってきてテーブルに並べ始めた。
今ここに、と話し掛けようとして、後ろから髪を摑まれた。
グイと後ろに引かれ、またソファーに横になる。
口を押さえられた。
真上から覗き込んでいるのは泥の目をした子供たちだ。
腕を摑まれた。胸を押さえられている。脚を引かれている。
子供たちは楽しそうに笑っている。
歌っている。
笛の音が聞こえた。
あの曲だ。
あの歌だ。
逃げようとするのだが身動きが取れない。
子供たちの小さな手が蛇のように絡みついて取れない。
「じゃあ、消すよ」
楽しそうな妻の声と同時に明かりが消えた。
やめてくれ。助けてくれ。明かりを、明かりを。

真っ暗な中でさらに真っ黒な影が彼の前に立っていた。黒い帽子を被り、黒いマントを羽織っている。明かりはすべて消えているはずなのに、その透き通るような真白の顔は、自ら発光でもしているように細部までよく見えた。

美しかった。

それはもう魂が奪われるほどに美しい顔だった。

男は近藤にぐいと顔を近づけて言った。

――おまえはどうして、こどもにひどいことをするの。

「俺は、俺は……何もして」

黒マントの美しい男は真っ黒で毛だらけの長い笛を取りだした。それは切り取られた猫の尾だ。

それを咥《くわ》え、吹く。

あの少女が歌っていたメロディー。

笛を吹きながら、黒マントの男は同時に喋っていた。それは声ではないのかもしれない。

――妹の友達にかなちゃんっていたよね。

男が言った。

近藤の顔に、一瞬にして濡れスポンジを握りつぶしたように汗が溢《あふ》れた。

――小学六年生で自殺しちゃったよね。

「い、いじめだ。そうだよ、いじめで悩んで――」

――嘘つき。

嚙《か》み付《つ》くように近藤の耳朶《じだ》に口を近づけ、男はそう言った。

――きみがあんなことするからだよ。

「うるさい。俺は何もしていない。あいつが俺を誘ってきたんだ。誘ってきたから、だから」

――ひどいことをした。

「黙れ！　黙れ！　俺は何も悪くない。悪くないんだ」

「お待たせ」

蠟燭《ろうそく》に灯《とも》が灯ったケーキを妻が持ってくる。彼女には黒マントの男が見えないようだ。

ケーキはそっとテーブルの上に置かれた。

「じゃあ、あなた始めるわよ」

笛の音がどんどん大きくなる。

子供たちの歌声も大きくなる。

遠くでハッピーバースデーと歌う声が聞こえた。

――おまえいらないって。

男はそう言った。
それは彼が傷つけてきたすべての子供たちからの拒絶の声だった。
近藤の胸の上に、見知らぬ少女が座っていた。
近藤の口の中に小さな手が入る。
子供たちの手が上顎と下顎に掛かり、大きく口が開かれた。
そこに少女が何かを押し込む。
口を閉じようとするのだが、鉄の轡《くつわ》を嚙まされてでもいるようにどうにもならない。
少女は試験管の掃除でもするように、喉の奥へとそれを押し込んだ。
息が出来ない。
唾液《だえき》が溢れてこぼれ落ちる。
「あら、あなた寝ちゃったの？」
それが、彼の最期に聴いた言葉だった。
息子が近づいてきた。
「もう、おとうさん、おきて！　ぼくのお誕生日だよ。おきろおきろ」
ようやく電灯がついた。
息子は近藤の顔を見て、笑いながら妻のいる台所へ行く。
「おとうさん、目開いて寝ちゃってるよ」

すでに近藤に息はない。

見開いた目は瞳孔《どうこう》が開いたままだ。

黒い帽子に黒いマントの男が、絶叫の形に開いた口の中に指を入れ、何かを摘まみだしてきた。

それは人形の小指だった。

黒マントが掌を開く。

彼の右手には小指がなかった。

つるんとした小指の痕に、人形の指をくっつける。

あっという間にそれは彼自身の指と化した。

——さあ、行こうか。

そう言うと彼は、七人の子供たちと一緒に彼自身のマントの奥へと消えていった。

*

しばらく近藤を見失った辺りを捜していたが見つからない。

住所を聞いていた自宅へ行くしかないか。

そう思いタクシーを拾いに国道まで出る途中で、近藤のリュックのことに気がついた。

そこには近藤の携帯が入っていた。

セキュリティーは何の処置もしていなかったようで、あっさりと電話帳を見ることが出来た。おそらくこれだろうという自宅の固定電話の番号を見つける。

早速そこに電話してみた。

「あ、すみません。江崎駿也という者ですが、あのそちらに近藤創《はじめ》さん……はあ、そうです。江崎です。……嘘でしょ。そんな馬鹿な。さっきまであんなに元気でいたのに」

駿也は呆然と立《た》ち竦《すく》み、目の前の国道を行き交《ゆか》う車をしばらく眺めていた。

3.

駿也があくまで書斎だと言い張っている小さな部屋で、彼はPCを起《た》ち上げ検索を続けていた。

都市伝説、トミーの呪い、子供、童謡、などと次々にキーワードを打ち込んでは検索をする。

中学生の噂なのですぐに何かが引っ掛かってくるだろうと思っていた。が、予想は外れて、なかなかヒットしない。かなり局所的な噂なのだろうか。

行き詰まり、髪の毛を掻き毟り、どうにもならなくて、ぼんやりとモニター画面を眺める。

それから突然立ち上がり、狭い室内をうろちょろして、近藤の持っていたリュックに目がとまった。家まで持ち帰ってしまったのだ。明日彼の家に持っていくことを考えると気が重い。小さな子供に奥さんがいる。奥さんとは面識もあった。近藤の死を受け入れるのはたいへんなことだろう。

もしかしたらそこに近藤が怯えていたことへのヒントがあるかと思って、リュックを開いて中を見た。

誕生日プレゼントらしい包装をした袋。ショッピングモールのＩＤカード。ハンカチ代わりのタオル。文庫本。そして下の方からハンディビデオカメラが出てきた。

家に帰って息子の誕生会でも撮影するつもりだったのだろうか。

駿也はビデオカメラのスイッチを入れた。小さな液晶モニターでビデオを再生してみた。

リサイクルショップの倉庫だ。

その壁に背をつけ、少女が立っていた。

ショッピングモールにいた少女だ。

カメラはどこかに置かれたままで固定されている。そのせいでその場を盗み見ているかのようないかがわしさがあった。

「さあてと」

声が聞こえた。

近藤の声だ。

カメラの前に安っぽいブレスレットが映った。

「希美《のぞみ》ちゃんはこれを盗みました」

指で摘まんだブレスレットをぶらぶらと振ってみせる。

「これでぇす」

ふざけた態度だった。本当にこれがあの近藤か、と思った時、画面に近藤が入ってきた。

「こんなことしていいんだっけ。これ、人のものを盗むのっていいんだっけ。ねえ、いいんですか」

それは万引きしてしまった子供への説教とはとうてい思えなかった。

ただ粘着質に、子供に絡んでいるだけだった。

そこには底意地の悪い悪意しか見えない。

「えっ、どうなんだよ」

近藤は少女を壁に追い詰めて、迫る。

「万引きは泥棒だからね。もし、もしおじさんが電話したらおまわりさんに逮捕されちゃうんだぞ」

ニヤニヤとだらしなく笑いながら近藤はさらに少女に迫った。

「それでもいいんですか。い・い・ん・で・す・か」

少女が首を横に振る。

そこでカメラアングルが変わる。

そこからは手持ちカメラになった。

少女が正面から写されている。

怯えきった少女の顔がアップになっていた。

「そこで両手を上げて」

近藤の声だ。カメラを持っているのは近藤なのだろう。

少女は身体を強ばらせて、じっと立ち竦んでいる。

「両手を上げてっ！」

びくりと震え、少女はおずおずと両手を上げた。

とうとうべそをかきだした。

「やだなあ。笑おうよ。ねっ」

カメラは少女の顔に近づく。

少女は啜《すす》り泣《な》き出した。

近藤の楽しそうな笑い声が聞こえる。

「さてと、それじゃあ希美ちゃん。服脱ごうか」

いたたまれなくなって、駿也はビデオカメラのスイッチを切った。

「あいつ……」

おぞましいビデオカメラをリュックに押し込んだ。

汚らわしくてそれ以上触る気にもならない。

常習だったとは思いたくないが、それならどうしてその時カメラを用意してあったかが疑問だ。普段からチャンスがあればそのようなことをしていたのではないか。

駿也の中でどす黒い疑惑がどんどん広がっていく。

がちゃがちゃと錠を開く音がした。スチールの扉が開かれ、閉じた。

ここの鍵《かぎ》を持っているのは尚美しかいない。しかしいつもなら「ただいま」の一言があるはずだ。それが何もない。まさか尚美以外の誰かが、と玄関を覗き見る。

そこに尚美が立っていた。

靴を脱ぐでもなく、ただ玄関先で立ち竦んでいる。

明らかに様子がおかしかった。

「おかえり……どうした」

「死んじゃってた」

ぼそりと言った。

「えっ？」

「蓮くんのお母さん、死んじゃってた」

「そんな……それ、どういうことだよ」

「どうしよう。私、蓮くんを裏切っちゃった」

爆発するように大声で泣き出した。

とにかく入れと促して、居間に座らせる。

卓袱台に顔を伏せ、尚美は泣き続けていた。

駿也は茶を淹れて持ってくるまで尚美を放置していた。

湯気を立てる湯飲みをとん、と置いて駿也は言った。

「どうしたの。何があったの」

尚美は泣きはらした顔をもたげた。

駿也がティッシュペーパーを箱ごと手渡すと、紙を摘まみ取り大きな音をたてて洟《はな》をかんだ。

そこでようやく落ち着いたのか、洟を啜りながら今日、園であったことを話し始めた。

4.

蓮が寝惚《ねぼ》けた顔をしているのは、今起きたところだから。

洋子が寝かしつけ、一時間足らずで児童相談所から職員がやってきた。中年の男女だ。子供を扱うのに相応しい、いかにも優しそうな二人組だった。

寝惚け顔の蓮を前に、二人は正座している。

「蓮くん、お母さんが戻ってくるまで、おばさんたちと一緒にいようか」

精一杯の笑顔で女性職員は蓮に言った。

洋子と尚美は、その後ろに立って、不安そうに様子を窺《うかが》っていた。

「さあ、行こうか」

女性はそう言うと立ち上がり、蓮の腕を取った。

蓮は身をぎゅっと縮め、動こうとしない。

無理矢理引っ張るわけにもいかず、そのままの姿勢で睨み合う。

「お友達もいっぱいいるよ」

男性職員が手を伸ばすと、蓮は女性の手を振り切って逃げ出した。

「ママ」

そう言って尚美の腰にしがみつく。

どうしていいのかわからず、尚美は黙って蓮を見下ろしていた。

「蓮くん」

洋子が蓮の肩に手を乗せた。

「尚美先生は蓮くんのママじゃないでしょ」

「でも約束した」

そう言って蓮は尚美を見上げる。

「ね？　約束したよね」

あまりにも真摯《しんし》な目に、尚美は胸の中を掻き毟られるようだ。罪悪感に押し潰されそうになり、目を離すことも出来ない。

「ママ」

蓮が言った。

何かが尚美の中で爆発した。

これ以上蓮の目の前にいることが堪えられなかった。

「ママじゃない！」

蓮が驚いた顔で尚美を見る。

いきなりナイフで刺された人間の顔だ。

そして尚美は、今自分がナイフで蓮を刺したことを自覚していた。

今この時、私は蓮を言葉で殺そうとしているんだ。

「私はあなたのママじゃないの」

尚美は蓮を見据え、一語一語はっきりとそう伝えた。

「蓮くん、ほら、尚美先生とまた会えるから」

職員たちが蓮を引き離そうとした。

蓮はそれに逆らい、必死になって尚美にしがみついた。

「嫌だ嫌だ。約束した。約束したんだ。どうして、ママ、ねぇママ、どうして」

「やめなさい。ほら、放してよ。放せって言ってるでしょ」

興奮のままに喋り、喋るほどに興奮する。

「私はあなたのママなんかじゃない。ママのわけないでしょう！」

怒鳴りつけ、蓮の身体を突き飛ばした。

大人の本気の力に勝てるわけもない。

蓮は大きく後ろに飛ばされ尻餅をついた。

尚美を除く全員が、いや、尚美自身も、「あっ」と声を上げた。

「尚美先生」

洋子は咎《とが》めるようにそう言って、蓮の身体を起こした。

「大丈夫?」

園長が蓮の尻についた埃を叩く。

「さ、行きましょう」

何事もなかったように男性職員が言った。女性職員と一緒に、挟むように左右から蓮の手を取る。

園長が洋子が、そして尚美が「よろしくお願いいたします」と頭を下げた。

蓮は連れられながら首をひねり、ずっと後ろを向いたままだ。

今にも泣き出しそうな顔で尚美を見ている。その顔を最後まで見送ることが自分に与えられた罰であるかのように、尚美はその顔をずっと見詰めていた。

*

蓮は男性職員の運転する車の後部座席に一人座っていた。

どこか切ない夜の町も、生気のない目で眺めている蓮には灰色一色に思える。

もう泣いてはいない。

——まだそんなもの持ってるんだね。

声が聞こえて、初めて隣に黒い帽子と黒マントの男が座っていることを知った。

――なんのこと。
蓮は頭の中で返事した。
声に出すと変に思われることは、わかっていた。
――それだよそれ。
男は蓮が握りしめている、尚美からもらったお守りを指差した。
――あのママも駄目みたいだね。
――ぼく、もうママなんかいらない。
――そりゃそう思うよね。ぼくだってそう思うよ。じゃあ、これ。
男は蓮の持つお守り袋に、何かを入れた。
――頑張ってな。
うん、と蓮は無言で頷いた。
「もうすぐ着くからね、蓮くん」
職員の男が運転しながら言った。
返事はない、ずっと前から気配もない。
「寝ちゃったかな」
そう言って振り返ったが、そこには誰もいなかった。

＊

尚美は一人、魂の抜けた顔でお茶を啜っていた。一通り駿也に説明し、懺悔《ざんげ》を終えたような気持ちにはなっていた。それで許されたとは思えなかったが、今すぐ身を焼き払いたいような気分だけは静まった。

話を聞き終え、駿也は書斎へと戻った。一人にしておいて欲しいと言ったのは尚美だ。

やっぱり無理だ。

尚美は溜息をつく。

自分には子供を産む資格はない。

子供を育てることなんて出来ないのだ。

産めば産んだ子供を不幸にする。

そうして不幸は連鎖していくんだ。

重く厭《いや》な想《おも》いというものは、心をどんどん腐らせていく。潮風に晒《さら》された鉄骨のように、心がぼろぼろに侵され崩れていく。それはそれでいいか、と思う。

そんなことを考えていた時、その歌が流れてきた。

それは尚美の中へと染《し》み入《い》ってくる。

とうの昔に捨て去ったはずの記憶が、淀んだ溝《どぶ》の中で引っ掛かって流れずに残っていたのだ。

そんなものを思い出しても仕方がない。

いや、思い出してはならない。

そう思う気持ちとは裏腹に、それは溝泥の中から浮かび上がり、かび臭い厭な臭いを放っている。

尚美は立ち上がり、その音へと近づいた。

駿也の部屋だ。

ノックもせず、尚美は扉を開いた。

駿也は椅子に座ってメモを取っていた。

尚美は知らずに歌を口ずさんでいた。

「ぼぉあんがー、ぼぉあんがー、すてぷらいすてぷらい、かんくろーさんかんくろーさん」

駿也が振り向いて尚美を見ていた。

「何で知ってるの。どこで聴いたんだ」

「……わかんない。ねえ、この歌なんなの」

「たぶん今追ってる事件と関係があるんだ」

駿也はICレコーダーを尚美に向け、メモ帳とペンを手にした。

「悪い、もういっぺん歌ってくれる？　はっきりと思い出せるかどうかわからないけど、それでいい？」

うんうんと駿也は頷く。

「じゃあ……ぼぉあんがー、ぼぉあんがー、すてぷらいすてぷらい、かんくろーさんかんくろーさん、おいない、おいない、かみのごおさあかす、おいないよ、あめじん、とみーのしょうたいは」

「それで全部？」

「私が知ってるのは……ねえ駿也、私もこれが何かわからないんだけど……」

尚美の質問は駿也には聞こえていないようだった。ぶつぶつと歌を口の中で呟いていた。

「すてぷらい……かみのごさあかす……かみのごさあかすって何だよ」

「正確にいうとかみのごう、さーかす、かな」

「なるほど……それはかみのごうサーカスなのかなあ」

言いながら駿也はキイを打つ。

「なるほど、あるよ。上之郷《かみのごう》、地名かな、人名かな。上之郷とサーカスで検索すると……おおおおっ、引っ掛かってきたよ。……そうか。上之郷サーカス」

それはニュース記事だった。

『伊勢《いせ》でサーカス小屋全焼』の見出しがあった。その新聞記事をプリンターで打ち出す。

それを手にして、不意に思い出したのだろう。駿也は真剣な顔で言った。

「なあ、尚美。蓮くんは尚美に今の歌歌ったりしてないよな」

「それはないけど……どういうこと」

「今調べている二つの事件があって、どっちも一度子供がいなくなっているんだ。で、その後、被害者の前にまた突然現れる。この歌を歌いながら」

「意味がわかんないんだけど」

「だってほら、蓮くんのお母さん亡くなったんだろ」

「それがこの歌に関係があるって言いたいの」

駿也が頷くと、尚美は声を荒らげた。

「いい加減にしてよ。何でもかんでも自分の仕事に結びつけないでよ」

「尚美聞いてくれ。二つの事件のうち、一つは近藤なんだ」

「えっ、近藤って、あの近藤さん」

「うん、あいつが、ついさっき死んだ」

「そんな……」

絶句する尚美の背後で子供の声がした。

振り返ると、ソファーに蓮が座っていた。

尚美は小さな悲鳴を上げる。

蓮は歌っていた。

「かみのごさーかす、おいないよ、あめじん、とみーのしょうたいは」

歌いながら蓮はじっと尚美を見詰めていた。

「蓮くん……」

尚美は蓮に近づく。

「何でここに」

そう言って蓮に触れようとした尚美を、駿也は背後から抱えるようにして止めた。

「何で」

止めるのか訊こうとした時、電話の呼び出し音が鳴った。

この部屋の固定電話だ。駿也が仕事で未《いま》だにファックスを使うので固定電話が手放せない。

駿也は受話器を取った。

「は、はい。ああ、駿也です。どうも……えっ…………いやそれが……今ここにいます。……わかりました」

受話器を置くと、駿也は尚美に言った。

「洋子さんからだった」

「何て言ってたの」

「施設に向かってる車の中で、突然蓮くんがいなくなったって……後部座席から」

二人は蓮を見る。

蓮はずっと歌を歌い続けていた。

「ぼくは今から伊勢に行く。君も来てくれないか。一人にしておくのは心配だ」

「でも……」

何かに憑《つ》かれてでもいるように膝《ひざ》を抱え歌い続けている蓮を見た。

「蓮くんは洋子さんに頼んでみる。勝手に逃げ出してきたんだから、いずれなんらかのきちんとした手続きが必要だろう。でも今必要なのは」

駿也は蓮を見た。

「トミーの呪いから逃れることだ。詳しいことは途中で説明する。とにかく洋子さんに頼んで、ここで蓮くんの面倒をみてもらわなきゃ。このままじゃあ、ぼくたちが誘拐したと思われてしまう。早速仕度して。時間は三日しかない。それだけの用意が出来たらすぐに出掛ける」

尚美は声なく頷いた。

5.

夜明け寸前の薄紫の空は美術館で出会った水彩画のように美しい。しかし今の尚美は頭の芯《しん》がじんと痺《しび》れてしまったようで、その美しさもあまり響かない。

ポケットから手作りのお守りを取りだし、ぼんやりと眺める。

洋子には無理言って家まで来てもらった。蓮は尚美が出ていこうとすると小走りで近くに寄ってきて、このお守りを彼女に手渡した。

これは尚美が蓮にあげたものだ。遥《はる》か昔、真夜中に母親から家を追い出された尚美を、可哀想《かわいそう》に思って家に上げてくれた隣人——ちぃちゃんと呼んでいた人の好《よ》いお姉さんにもらったお守りがこれだ。

家でも学校でも物以下の扱いを受けてきた尚美にとって、自分に対して親切にしてくれる人間がいるなんて信じられることではなかった。

誰かに無条件で可愛がられる。

その歓《よろこ》びが、今まで尚美を生かしてきた原動力だ。

尚美はこのお守りを本当に大事にしていた。汚れれば洗い、ほつれれば縫い、切れたり破れたりすると部分的に交換した。

そのお守りを蓮に渡したのだ。自分がかつて救われたように、これで蓮が救われればと思ってのことだった。

——大好きな人と一緒にいられない時とかに、これをぎゅっと握ってると、すっごく元気になれるの。

そう言って蓮の首にこれを掛けたのはほんの少し前のことだ。

蓮との距離は一気に近づいた。

しかしあまりにも考えが浅かった。

結局蓮は「大好きな人と一緒にいられない時に必要なお守り」を返してきた。少なくとも尚美とは一緒にいたくなくなったのだろう。

当然のことだと、尚美は思う。

希望を与えるのなら、それに応えるだけの覚悟は必要だ。

ただ蓮の関心を引きたいばっかりに、飴《あめ》をあげ頭を撫で、そのあげくに突き放した。

今でも蓮を突き飛ばした時の掌の感触が忘れられない。

笑顔で手を差し伸べ、向こうが手を伸ばしてきたら突き放した。結果中途半端《ちゅうとはんぱ》に蓮の気持ちを弄んだだけ。その思いが濡れた服のようにまとわりつく。

子供を酷い目にあわせると、三日後にトミーの呪いで死ぬ。

駿也はそう説明した。

淡々と事実を告げる口調だった。

占いと名のつくものは大嫌い。心霊現象など信じている人間が馬鹿。駿也はそんな人間だった。

呪いなどというものは一番先に否定する人間だったはずだ。

その彼が怯えていた。

「眠れる間に眠った方がいい」

そう言った駿也が一睡もせず、ずっと運転を続けている。第二東名高速に入ったところでサービスエリアに入った。そこで運転を交代するはずだったが、駿也は少し休んだだけでさらに運転を続けたのだった。

東京を出てから六時間あまり。伊勢湾岸自動車道に入って、そろそろ目的地が近づいてきた。

尻を炙《あぶ》られてでもいるように、駿也は先を急いでいた。何故かは尚美にもわかっている。三日後には尚美が死ぬと思っているからだ。それまでに何としてもこの呪いを止めねばならないと思っているからだ。

道は空いている。

これ以上ないほどの晴天だ。

暑くもなく寒くもなく、観光には最適の日和《ひより》だった。

が、駿也は血走った目でハンドルを握りしめている。必要以上に力が入っているのが、横から見ていてもわかった。

「黒いマントの男を見たの」

尚美は言った。

「黒いマント？」

「蓮くんと一緒に、園のジャングルジムで見たの。全身真っ黒のマントを着た男が、カラスみたいにジャングルジムの上に立っていた。それを蓮くんがじっと見ていて、気味が悪いぐらい綺麗な顔をしていた」

「君たち以外には誰か見ていなかった？」

「他の人には見えなかったみたい」

「その男は歌を歌っていなかった？」

「例のあの歌でしょ。歌っていなかった。あれがトミーなのかなあ」

「それはわからない。でもあの歌を歌う子供に魅入られた大人は、三日後に死んでいる。蓮くんはずっと歌っていたよね。一連の事件の被害者は、いなくなった子供に何かの形で怨《うら》まれていた。逆恨《さかうら》みであろうが何であろうが、尚美はトミーの呪いを掛けられたんだ。時間は三日しかない」

尚美は蓮から受け取ったお守りを、ポケットの中でぎゅっと握りしめた。

Fragment：2

かつて〈子供〉は、単に小さく無力な〈人間〉でしかなかった。誰もそれを〈子供〉という枠で括《くく》って保護したり教育したりしようとはしなかった。子供が大人と同じように生きるためには、大人の何倍もの努力と運を必要とした。そして生きるための才覚のない子供は、あっけなく死んでいった。

たかだか百年あまり前の日本でも、十歳まで生き残れる子供は十人中八人そこそこ。およそ五分の一が十歳までに命を失っていたのだ。

ファマーは賢い子供だった。

彼の知恵は、すべて彼が生き残るために使われていた。ただただ周りに流され、部屋の壁紙並みにされるがままだった時代は、物心つく前にもう終わっていた。彼は賢く、早熟だった。

頭を使え。頭を使えば一本の藁《わら》から財を成すことも可能だ。それがファマーの信条だった。彼から見れば、世の中の人間は頭を使うことを知らない者ばかりだった。その代わりに使うのは力——暴力だ。喧嘩に強い者が威張る。そんなやり方では早々に限界が来ることに気がつかないのは本当に馬鹿だと、ファマーは思っていた。

彼は本当に賢い子供だった。自分の価値を知り、それを十二分に活用する方法も知っていた。彼は待った。計画を実行に移すだけの体格を手に入れるまで。

その日、彼は町までお使いに行くことになっていた。金を渡され外出を許されるまでの信頼を得るために、彼は最大限の努力をした。コツは、愚かさと賢さを上手く相手に見せることだ。邪心を持ち何かを企《たくら》むほどの知恵はない愚か者であること。にもかかわらず、気は利き、一を教えるだけで十をなす利発さを持っていること。分をわきまえた利発な奴隷。それが求められていた。そしてファマーはそれを演じ抜いていた。

そのあげく「その日」を迎えたのだった。

町に出て、渡されたリスト通りに買い物を済ませて帰るのに必要な時間は経験でわかっていた。買ってくる物はたいてい食料や燃料などの消耗品だ。彼はその日のために、一月《ひとつき》あまり掛けて備蓄からリストに上がりそうな物をくすね取り、隠していた。

そして当日、買い物リストを手にしてファマーはほくそ笑んだ。ほとんどが隠し持っているもので間に合う。町で買わねばならないのは今月やってくる上客のために銘柄が指定されたウイスキーだけだった。

買い物を頼まれてから、広間にある大時計で時間を確認する。彼は腕時計など持ってはいない。次に時間を確認出来るのは、町で一番大きな雑貨屋の掛け時計だ。

彼は館を出ると同時に走った。

町と娼館を結ぶ直線の、ほぼ中央に彼の生家があった。

彼は最短距離から少し離れ、生家へと立ち寄った。

ママに会いたくてと息を切らせて言う息子を、そのまま信じるような女ではなかった。

「何しに帰ってきたんだ、ろくでなしが」

そう言う母親に、ファマーは笑いながら飛び掛かった。

もう子供ではない。

小柄な母親から比べれば、大人と大差ない体格の持ち主だ。

母親に抱きつくふりを見せ、隠し持っていたハンマーでこめかみを殴った。

鈍《にぶ》い音がした。

ハンマーは頭蓋《ずがい》を砕《くだ》き脳髄《のうずい》に食い込んだ。

母親は腰から床に吸い込まれるように尻餅をつき、ぎいいいと壊れた扉のような声を上げて真後ろに倒れた。

すぐに痙攣《けいれん》が始まった。

バタバタと両の踵《かかと》で床を打つ。

小便が水溜まりを作っていった。

ファマーが見下ろしていたのは数秒だ。

耳元で子供の声がした。

――だれ？　だれかいるの？

よく知っている声だった。すぐに誰の声かはわかった。

ファマーは声の主を探しに、かつて自分の部屋であったところへ行った。すっかり物置になっている。山のようなガラクタの下敷きになったベッドの、さらに下を覗き込む。床板が一枚、ずらせるようになっているのだ。

数年の間に、自分の身体がずいぶん大きくなっていることを知った。あれだけ簡単に下に潜り込めたベッドの下に、無理矢理身体をねじ込んだ。それでようやく床板に手が届いた。板をずらし、中から布袋を取りだす。

中身は手作りの裁縫道具と布きれ、そして彼が作った真っ黒な人形だ。

――ありがとう。ありがとうおにいしゃん。

人形が言う。

早熟なファマーは大きくなっていたが、人形は子供のまま、それもまだまだ無垢《むく》だった幼い頃のままだったのだ。

「いいか、俺はおまえを作った人間だ。わかるな。だからおまえは俺の命令通りに動くんだ」

――わかった、パパ。

「パパじゃない」

――でもぼくをつくったひとでしょ。それはパパだ。

少し考えてファマーは答えた。

「パパでも何でも好きにしろ。それより、あの強突《ごうつ》く張《ば》りの婆《ばあ》さんがどこに金を隠したのか教えろ」

――いいよ、パパ。その代わりここから出して。

下から這い出てきたファマーは身体から埃を叩くと、片手に持った人形に金の隠し場所を訊ねた。人形はたどたどしい口調で場所を教え、ファマーは深刻な顔でふむふむと相槌《あいづち》を打って台所へと向かった。

第三章

子どもはまた、「怖い夢を見た」と語ることがある。睡眠中や就寝直前に被害に遭っていたり、虐待を現実と思うことが困難であるために、「これは夢なんだ」と懸命に思おうとしているのである。

「封印された犯罪――性的虐待とは何か」より

『子どもと性被害』吉田《よしだ》タカコ著

1.

最初に向かったのは郷土資料館だった。行く前に調べていたのはここだけだった。ここで収穫がないと長引くことを覚悟していた。出てきた若い学芸員が、茶髪の上に耳朶が重くなるほどのピアスをつけており、どう見ても新人バイトにしか見えない。

駿也と尚美は顔を見合わせ、密《ひそ》かに溜息をついた。

「電話で連絡いただいた方ですよね」

青年は分厚いファイルを取りだした。

「タブーとまでは言いませんけど、あまりに悲惨な事故だったんで、逆にあまり証言が残されていないんですよね。それでも大事故だったんで、これが地元の新聞に掲載されていたものです」

それには黄ばんだ新聞紙が貼られてあった。

『上之郷サーカス大炎上！　白昼の悲劇』と大いに煽《あお》った見出しが目を引く。

「丁度六十年前のことです。死者が八名、重軽傷者が二十名を超えました。こんな静かな村ではあり得ない大惨事でした。上之郷サーカスはこれで壊滅してしまいます。おそらく上之郷サーカスは一年も保《も》たなかったはずです」

説明しながら次々に資料を見せてくれた。

「これですね」

一枚の写真だった。

羽根飾りで着飾った女や燕尾服《えんびふく》の男、派手な化粧の道化師。サーカスの一座が正装で写っている。

青年はその中央で満足そうな笑みを浮かべて座っている和装の中年男を指差した。

「この方が上之郷忠造《かみのごうちゅうぞう》さんです。団長と呼ばれていましたけれど、この人が上之郷サーカスを創立しました」

「お目にかかること出来ますか」

駿也が訊くと、青年は言った。

「ずいぶん前に亡くなってますよ。ですが、ご子息がご存命のようですね」

「住所はわかりますか」

「それはちょっと……。名前は勝夫《かつお》さんです。上之郷勝夫、七十歳。かつてサーカスのあった場所ならわかりますよ」

青年は奥から周辺の地図を出してきて、カウンターに広げ、指差した。

「ここが郷土資料館です。で」

道を指でなぞっていく。

「ここがサーカス跡です」

青年はそう言うと笑った。

「アナログでしょ。スマホでちょいちょいと出来ればいいんでしょうけど、ここは今何も残ってないから、番地とか辿っても見つけにくいんですよね。っていうか、スマホを家に忘れちゃって。ちょっと待ってくださいね」

地図を持って奥へと消え、すぐに戻ってきた。該当部分のコピーをとってきたのだ。それに赤鉛筆で直接書き込みながら、駿也に道順を説明する。

「近くまで行ったら、勝夫さんのことを訊いてみてください。かつては名士だったわけですから、もしかしたら知っている人がいるかもしれませんね」

「ご親切にありがとうございました」

駿也と尚美は頭を下げた。

「それにしても、事件のことよくご存じですよね」

「郷土史も詳しいですよ。ここの学芸員ですから当然ですけど」

そう言って青年はまた笑った。

「何にも知らないゆとり世代だと思ったでしょ」

「いや、ぼくも同世代ですよ。でも何ていうか」

「物事を知ってそうには見えない、ですか」

「申し訳ない」

「かんじんなことは、目に見えないんだよって言ったのはサン＝テグジュペリでしたっけ」

駿也はそれが誰かすら、咄嗟《とっさ》には思い出せなかった。

「心で見なさい、みたいなことですよね」

尚美はそう言い「『星の王子さま』でしょ」と自慢げに駿也に教えた。

「見た目に欺されちゃいけない。それが今日の教訓ですね」

そう言う青年に礼を言い、二人は郷土資料館を出た。教えてもらったばかりの山沿いの道を進んでいく。

途中で会った人には、とにかく声を掛けて上之郷勝夫のことを訊いていった。

訊いた人は例外なく「この辺りじゃああっちもこっちも上之郷だから」と言ってから話を始めた。実際上之郷という名字はこの辺りでたくさんいるらしく、道を訊ねた人の四割が上之郷さんだった。

年寄りの中には上之郷サーカスを覚えている人もいたし、声を掛けてくれて、農作業中の人がどんどん集まってきて昔話を始めたりもした。

そしてようやく上之郷勝夫を知っている人が現れた。

それから勝夫の家を突き止めるまでは簡単だった。

訊いてやってきた家の前を歩いていた作業着姿の老人に訊ねると、彼が上之郷勝夫本人だった。

前庭に置いてある椅子を集めて、そこで話を聞くことになった。

一通りの挨拶を済ませると、駿也は早速ＩＣレコーダーに録音したあの歌を聴かせた。

老人は目を固く閉じ、歌を聴く。

聴くほどに眉間の皺《しわ》が深くなっていく。

歌はすぐに終わった。

長い長い沈黙の後、上之郷は低く乾いた声で言った。

「どこでこの歌を」

「最近ぼくらの町で不可解な死亡事故がいくつか続きまして、死んだ人間に関係している子供が、何故か皆この歌を」

「これはトミーの歌や」

喉に何かが引っ掛かっているような声だった。

「トミーというのは、サーカスの」

「ええ、親父が外国から鳴り物入りで呼んだ団員でして、当時はそんな芸はまだ珍しくて人気者でした。うちはこの土地で病院を経営してましてね。その他の事業も軌道に乗って、親父は子供の頃からの夢やったサーカスを始めたんです。今の歌は、トミーが客寄せのために歌っとった歌で、私ら子供はよう真似《まね》してました」

そう言うと彼は囁くように「すてぷらい、すてぷらい、カンクローさん、カンクローさん、おいない」と口ずさんだ。

「手回しのオルガンみたいなので、こうハンドルをグルグル回して、歌うんですわ。こんな村ですからね、そりゃあ話題になりました」

上之郷は懐《なつ》かしそうな目で空を眺め、不意に思い出したように言った。

「おいないっちゅうのは、この辺りの方言で来なさいということです。後は意味もわからんと歌ってました」

「火事があったんですよね」

駿也は話を変える。

「新聞記事には出火原因が書かれていなかったんですが、何があったのかご存じでしょうか」

「その場におったからなあ」

「火事の時にですか」

上之郷は深く頷いたきり口を閉ざした。

「その、火事のあった場所は」

「今はもう更地になっとって、何もありゃしませんよ」

「何か当時の面影《おもかげ》を残しているものって、ないですか」

上之郷は目を閉じ、考え込んだ。それだけでは、思い出せないのか、言いたくないのか、区別がつかない。

「何でもいいんです」

尚美が言った。それでようやく上之郷は口を開いた。

「当時サーカス団員が寝泊まりをしていた宿舎なら」

「それはどこに」

「もともとは診療所だった建物で、火事からもう六十年近く経っとりますから、今はもうどうなってるか」

「それで結構です。場所さえ教えていただければ」

駿也は学芸員からもらった地図のコピーを見せた。

「この辺りに昔サーカスがあったとか」

「ああ、そこから近い。この道をまっすぐ南へ向かって……」

駿也たちは車に戻り、教えられた道を進んだ。

2.

県道から外れたそこは、青々と雑草が生い茂り、教えられていなければそこに建物があることに気がつかなかっただろう。

路肩の小さな空き地に停め、二人は車から降りた。

勝手に簡易宿舎のようなものを思い描いていたが、近づくにつれて、それが間違いであることがわかってきた。

かなり大きな家だ。しかもそれを覆い隠すように、壁から屋根に向かってびっしりと蔦《つた》が絡まっていた。どこが入り口なのかわからない。緑の封印がなされているかのようだ。

「ここだよ、きっと」

尚美はそう言ってでたらめに蔦を剝ぎ取る。

「ほらほら、わざわざベニヤで塞いでるけど、ここ戸があるよ」

駿也がそのベニヤ板に手を掛ける。

半ば朽ちているので、力を入れるとその部分がばりばりと剝がれる。包装紙を乱暴に開けるように、ベニヤ板を千切り取っていく。一緒に蔦が剝がれる。千切れる。土と蔦の汁《つゆ》で、二人の手がまだらに汚れていく。

扉が現れた。ドアノブらしきものはない。駿也はそれを蹴破った。

土と埃のにおいが濃い。

まっすぐの廊下の左右にいくつかの部屋がある。部屋を覗くと、それぞれの部屋に埃を被ったベッドがあった。マットも布団も何もない、金属の骨組みだけ残ったベッドだ。

どの部屋もガラクタが散乱し、その上から埃の雨が降ったのかと思うほど埃を被ってい た。所々室内にまで入り込んだ蔦が、血管のように天井や壁に絡みついている。その旺盛《おうせい》な生命力は、感心するというよりも猛々《たけだけ》しい恐ろしさを感じさせた。

歩けばミシミシと床が軋《きし》む。

風もないのに、天井からぱらぱらと埃が落ちてきた。

ネズミか何かがいるのかもしれない。

尚美が周囲を不安そうに見回した。

「どうしたの」

「うん、誰かに見られているような気がして」

「気のせいだよ」

そう言う駿也も不安を隠せない。

ここに入ってから、彼もずっと視線を感じていたからだ。

廃屋には気配が棲《す》んでいる。

それがどのような建物であったとしても、そこに住んでいた者、利用していた者の生活の気配が、廃屋を支配しているものだ。ここも例外ではない。その佇《たたず》まいは、かつての華やかさを懐かしんでいるようだ。その気配に敵意はない。ただもの悲しいだけだ。

ところがさっきから感じている視線には、わずかばかりの悪意が、生者への妬《ねた》みや怨みが潜んでいる。

そういった廃墟《はいきょ》の気配と、その視線とは別物のように思えた。

尚美が床に落ちていたポスターを拾った。

「こんなのも作ったんだね」

こけら落としのためのポスターだった。毒々しい色合いが褪《あ》せて、あくが抜けたようだ。

他の部屋では大きな看板が捨てられていた。

上之郷サーカス。大きくそう書かれてはいるのだが、これも色が落ちて寂しげだった。

「これ……」

駿也が黄ばんでぼろぼろになった新聞を拾い上げた。

『伊勢でサーカス全焼』の見出しがある。郷土資料館で見たものよりはおとなしい見出しだ。そこには七人の子供たちの写真が載っていた。事件後少し経ってから掲載された全国紙のようだった。

開いて見ると、上之郷忠造の記事が載っていた。

『七つの幼い魂、安らかに』

その見出しの下に「詫《わ》びのしようもない」の小見出しと、忠造の謝罪文が掲載されていた。

別の新聞には〝「子供たちの命を返せ」怒号を浴びて土下座をする上之郷団長〟とキャプションがついた、床に額を擦《こす》りつけるように頭を下げている忠造の写真があった。

一切の責任者として、非難は忠造に集中していたようだった。

それらを持ってきた鞄に詰め込んでいった。

「ねえ、駿也、これ」

壁に一枚の写真が貼られていた。

そこにはサーカスの一座がそれぞれに舞台衣装を身につけ、誇らしげに、あるいは滑稽《こっけい》に、ポーズをつけて収まっていた。

その中の一人を指差し、尚美は言った。

「この人外国人じゃないかな」

駿也はそれを壁から剝がし、じっと見た。

写真全体は黄ばみ、露出過多の画面はほとんど白く飛んでしまっている。

写真の端には1957と書かれてあった。

「うん、そう見えるけど……でもこれじゃあわからないな」

その写真も鞄に入れた。

立て掛けてあるだけの大看板を、二人で持ち上げ部屋の隅に持っていった。

看板の後ろから窓が現れ、明るい陽光が部屋を満たした。

舞い上がった埃がきらきらと輝いている。

窓際に小さな机が置かれてあった。

壁に貼られたカレンダーは昭和三十二年七月のままだ。

その横には見知らぬ言語で書かれたメモが幾枚か画鋲《がびょう》で留められていた。サーカス生活をする上でのルールが箇条書きにされたメモは英語で書かれていた。

テーブルにはエアメールも置かれたままだ。

尚美がテーブルの引き出しを開けた。

だが途中で引っ掛かって出てこない。

尚美は隙間から手を入れてみた。

ひっ、と悲鳴を上げて腕を引っ込めた。

「どうした」

「えっ、何かに触られたような気がして」

駿也はその隙間から引き出しの中を覗き込んだ。確かに奥の方に何かが見える。

手を入れて中を探った。

奥の方にある何か、封筒のようなものに触れた。

「何かあるね」

駿也は苦労してそれを摘まみだしてきた。

白い封筒だった。中からは、数枚のカラー写真が出てきた。

サーカス団員のブロマイド写真のようだ。

人工的に着色された写真に、団員のサインがされている。販売でもしていたのかもしれない。

インド仕込みの大魔術師——インダラ史郎。

三メートルの巨人、足長マックと世界最小の道化師、天海豆之助《あまみまめのすけ》。

蛇に育てられた女、チーコ。

嘘か真か、様々な異形《いぎょう》の者たちが誇らしげに胸を張っている。

その中の一枚が目にとまった。

人形に命吹き込む偉才、トミー。

「この人だよ」

椅子に座った髭《ひげ》の西洋人が猫とカラスのぬいぐるみを両手で持っている。

その後ろには細かな細工がされた手回しオルガンが置かれ、その上に人形が乗っかっていた。

ほら、と写真を尚美に見せる。

「違う……この人、私の見た人じゃない」

そう言って顔にくっつくほど写真を近くに持ってきた。

「これ」

写真を差しだし、手回しオルガンの上の人形を指差した。

「これとそっくりだった。黒い帽子も黒いマントも黒いブーツも、それに西洋人形らしいつんとした端整な顔も何もかもそっくりだった」

「それは……人形だよ」

「それぐらいわかってるよ」

どこかで急に時計の音が聞こえ始めた。
それまで止まっていた時が動き始めたように。
「……とにかく、この人形を捜そう。どこかにあるんじゃないかな」
音が聞こえた。
音楽のような、機械の作業音のような、そんな音。
二人は目を見合わせる。
——聞こえた？
——聞こえた。
無言の会話が交わされ、駿也は言った。
「尚美、おまえはここにいろ」
「でも……」
何か言いかけたが、引き留めはしなかった。
駿也は一人、廊下へと出る。
左右を見るが何もない。
埃にまみれた廊下があるだけだ。
壊れた棚が捨て置かれ、取り外されたカーテンが山を成している。
きぃぃ。

きぃぃ。

音がする。

キャスターが軋む音。

一体何のキャスターが。

音は廊下の向こうから聞こえていた。

行き止まりは丁字路だ。

そこへきぃぃきぃぃと音をたてて現れたのは、過剰なほどに装飾が施された大きなワゴンだ。

誰も押す者などいないのに、そのワゴンは廊下に現れると駿也の方を向いた。

そしてきぃぃきぃぃと音をたて、ゆっくりと駿也の方へと近づいてくる。

怪異は恐怖の前に注目を集める。

駿也はただ呆然と、無人のワゴンが己へと近づいてくるのを見守っていた。

近づくにつれて、そのワゴンの正体がわかってきた。

手回しオルガンだ。

手回しオルガンとは、オルゴールとオルガンの間に生まれたような、一種の自動演奏装置だ。ハンドルを回せば空気が送り込まれると同時に、中に仕込まれている特殊な楽譜が動き出すことで自動演奏が始まる。楽譜を入れ替えれば様々な曲を奏《かな》でることが可能だ。

別名ストリート・オルガンと呼ばれ、大道芸などで使われることが多い。

それは散歩する老婆のようにゆっくりと駿也に近づき、彼の目の前で止まった。

さっきのトミーの写真にあったのと同じ手回しオルガンだった。

メーカーが同じなのかもしれない。

だが何かが奇妙だと、駿也は思っていた。

すぐに気がついた。

汚れていない。

まるで今拭いたばかりのように、ぴかぴかだ。埃一ついていない。

手回しオルガンは、その名の通り、横に突き出たハンドルを回すことで演奏が始まる。

そのハンドルの手回し部分に真鍮《しんちゅう》が使われている。その真鍮も鏡のように磨き上げられ、覗き込む駿也の顔をくっきりと映し出していた。

その顔が緩んで見えた。

まるでニヤニヤと不浄な笑みを浮かべてでもいるかのように。

真鍮の中の顔が、こんなものはいらない、と呟いた時、彼はその真鍮のハンドルを握っていた。

自分でも何でそんなことをしているのかがわからない。

駄目だ駄目だ。

駿也は頭の中で悲鳴を上げる。
だが声は出ない。
じっと黙って手回しオルガンのハンドルを握っている。
彼にはわかっていた。
それを回したら、どれほどのおぞましいことが起こるのか。
恐ろしかった。
にもかかわらず、ハンドルから手を離すことが出来ない。
身体が震えていた。
皮膚が粟立《あわだ》つのがわかる。
恐怖が彼を支配する。
あの馴染みの恐怖が。恐怖の記憶が。
それでもハンドルから手が離れない。
ハンドルをゆっくりと回す。
駄目だやめろと、頭の一部では誰かが警告を続けているのだ。
ここで逃げるんだ。
逃げ出すんだ。
が、動きは止まらない。

ハンドルが回り、そして曲が聞こえた。

思った以上によく通る大きな音だった。

一番驚いたのが、部屋の中で駿也を待っていた尚美だ。

ひいぃっ、と悲鳴を上げ後退りした。

そこに置いてあったコート掛けに躓《つまず》いた。

バランスを崩し倒れそうになり、思わずそのコート掛けに掛けてあったマントを摑んだ。

そしてコート掛けもろとも後ろに倒れ、大きな音をたてて尻餅をついた。

その上に、小鳥を捕《と》る霞網《かすみあみ》のように、吊《つる》してあったマントが尚美の頭から被さってきた。

慌ててそれを剝ぎ取った。

マントの下から現れたのは二匹の黒猫だ。

その黒猫を、踏み付ける足が見えた。

ぎゃあああ。

猫たちは踏みつぶされ悲鳴を上げる。

いや、悲鳴ではない。

それは歓喜の声だ。

踏まれた黒猫たちは、見る間にその黒い毛皮で踏んだ足を包み込む。

あっという間にそこにはブーツを履いた二本の脚が。

脚だけが誕生したのではない。

マントが盛り上がり、持ち上がる。

マントが揺れてばさばさと音をたてた。

そしてそこには、黒いマントに黒い帽子の男が立っていた。

肩に止まった張りぼてのカラスが本物そっくりの声で鳴いた。

その腰に巻き付けられているのは猫のぬいぐるみだ。バックルになっているその正面に顔が付いていた。

黒猫の顔だ。

黒猫は退屈そうに、にゃあと鳴いた。

手回しオルガンから流れ出た曲は、聞き覚えのある旋律だった。

瑠奈や希美が歌っていたあの曲だ。

尚美は驚きのあまり声も出ない。

黒マントの男は、サスペンダーをシュッと擦り、背筋を伸ばして言った。

「いらっしゃい、また会ったね」

深々と芝居がかったお辞儀をした。

「まさかこんなところまで来てくれるとは、光栄だね。ようこそ、我が家へ。でも人の家に入る時はノックぐらいするもんだよ」

黒マントは拳を握り、コンコンと中空にノックをして見せた。

「……あなたは」

「これだよ」

黒マントの男はうんざりした顔を見せた。

憂《うれ》える顔が様になっている。

隙のない美貌故《ゆえ》に、この世の不条理を嘆いているかに見える。

が、次の瞬間にはふにゃりと表情が緩み、幼い子供のような顔になって言う。

「やーっぱり忘れている。じゃあ、改めて紹介するよ」

男は、マントを大きく広げた。「ぼくの仲間たちだ」

マントの下には七人の子供が隠されていた。いや、現実にはどう考えてもそこに七人の子供が隠れることなど出来ない。

しかしどう見てもそこにはマントに覆われた陰に七人の子供たちが並んで、濡れた灰色の目で尚美を見詰めているのだ。

尚美は息を呑む。

言葉が出てこない。

子供たちは無表情に、黙って尚美を見詰めていた。

言うべきことがある。

尚美はそう思い、開かぬ喉を無理矢理開き声を出した。

「蓮くんに……蓮くんに近づかないで」

蜘蛛《くも》の卵嚢《らんのう》が弾《はじ》けたように、子供たちがわらわらとマントの中から現れてきた。

黒マントと七人の子供たちは、硝子戸《ガラスど》から入る陽の光を背にして立っている。

まるで陽だまりから立ち上る陽炎《かげろう》のようだ。

一度喋り出すと、今度は止まらなくなっていた。

「お願い、蓮くんはあなたたちとは違うの。お願いです。私はどうなってもいいから。蓮くんはあなたのものじゃない。この子たちのようにあなたに使われる亡者なんかにしないで」

黒マントはぷっと吹きだした。

「ぼくは子供たちのためにこうして働いているんだ。だいたい、君はそのこともよく知っているはずじゃないか」

彼は尚美の顔を覗き込んだ。

「いやはや、大人ってやつはこれだから。さて、約束は約束だからね。さあ、みんな、今度はこのおばさんが遊んでくれるよ」

黒マントは、ベルト代わりに腰に巻いた猫のぬいぐるみから、尻尾《しっぽ》をねじり取った。
びゅん、とそれを振って両手で持つと、それは黒い毛むくじゃらの笛になった。
彼は楽しそうに笛を吹き始めた。
あの「トミーの歌」だ。
泥の瞳《ひとみ》の子供たちが、そろそろと尚美ににじり寄ってきた。
それに合わせて尚美が後退る。

3.

思わず駿也はハンドルから手を離した。
トミーの歌が聞こえてきたからだ。
呪いの歌が聞こえる。
始まってしまったのだ。
そう思うと、震えが止まらなくなった。
強ばった脚が動かない。
逃げろ。
駿也は思う。

逃げてしまえ。

怯懦《きょうだ》の虫が彼の胸の内で暴れ回る。

さあ、逃げてしまえ。

後がどうなろうと知ったことじゃない。

知らん顔しておけば何とかなるんだ。

あの時のように。

決して忘れることの出来ないあの時の恐怖が、握りしめた掌の汗のように思い出される。

*

あの時——駿也は十一歳だった。

小学校の同級生で、フルちゃんという男の子がいた。同じ漫画が好きで同じアニメが好きで、勉強は平均点、体育は少し苦手。

二人の共通点はたくさんあった。

当時駿也は冗談が通じない真面目タイプで、そのことでよくクラスメートにからかわれていた。それは危うくイジメにまで発展しかけていた。

ある時、ちょっとした駿也の言い間違いをからかわれた。駿也は意地になって、それは間違いではないと言い張ってしまった。気がつけば引くタイミングを失ってしまっていた。

最初は一対一で言い争いをしていたのが、二対一、四対一と相手の人数が増えてきた。いい加減謝ったらいいのに。

クラスの大半がそう思っていた。そしてそう思っているみんなの圧力を、駿也は全身で感じていた。それでも振り上げた拳の下ろしどころがわからなくなっていた。

この時が、分岐点だったのだ。

後になって駿也はそう思った。

ここでしくじれば、間違いなくイジメの対象になっていただろう。

だんだん「今までこんなことをした、あんなことをした」と駿也の嫌なところ駄目なところをみんなが糾弾し始めた。

それを駿也は真っ赤になって反論し続けた。泣き出しそうになっていた。泣いたら終わりだということはわかっていた。その時ぎりぎりまで追い込まれていたのだ。

ちょっと待って、ちょっと俺にも言わせてくれ。

大きな声でそう言いながら割り込んできたのがフルちゃんだった。

おおよそ目立つことのない彼が、その時全員の視線を浴びながら駿也の前に立った。

みんなが黙り込んでいた。

「俺から言いたいのはこれだけだ」

みんなの注目を集めるだけの充分な間をあけてから、彼はとんでもなく大きな音をたてて放屁《ほうひ》をした。

大爆笑だった。

所詮は小学生だ。

ほとんどすべての男子がくせぇだの、汚《きたね》ぇだのと大はしゃぎしだした。

女子たちは笑う者と呆《あき》れる者に分かれた。そしてどちらも駿也のことを忘れていた。

いずれにしても、それまでの緊張した嫌な空気は一瞬で消え去った。

それが駿也とフルちゃんの出会いだった。

フルちゃんはよくふざけた。真面目なシーンが続くのが堪えられないタイプだった。そこだけがまったく正反対だった。だからこそ友達になったのかもしれない。

親しくなってから駿也は、あの時俺を助けてくれたのかとフルちゃんに訊ねた。

助けたわけじゃないけど。

フルちゃんは照れくさそうに頭を掻く。

ああいう雰囲気に堪えられないんだよ。

そう言って笑った。

その事件を切っ掛けに二人はよく遊ぶようになった。フルちゃんは駿也の生真面目《きまじめ》さが面白いようだった。よく駿也をからかった。が、何故かフルちゃんにからかわれても嫌な気はしなかった。そしてそうやってからかわれることで、人との軋轢《あつれき》を生む駿也の角が少しずつ取れていった。

良い友達関係だったのだ。

その年の夏休みが終わりかけの頃。

二人は少し離れた神社にまで自転車で遠征した。

猫ほどの大きさの蝉《せみ》がいるんだ。

そいつを捕まえに行こうぜ。

そう言ってフルちゃんに誘われたのだ。

まさかそんな蝉が本当にいるとは思っていなかったが、あまりにも真剣に誘うので断れなかったのだ。

駿也たちは早朝に待ち合わせて神社へと向かった。

神社には確かに大きな蝉がたくさんいた。しかもどれもこれも幹の下の方にへばりついている上に、警戒心が薄い。

素手でいくつでも捕まえることが出来た。

持ってきた虫カゴ二つが蝉でいっぱいになった。

蝉の声は狂ったように騒がしい。

ぶるぶると羽ばたき、尖った爪《つめ》をもつ肢をわさわさと動かしている蝉が、カゴの中にみっちりと詰まっているのだ。

それはグロテスクで、駿也に地獄をイメージさせた。じっと見ていると、まるで悪い夢でも見ているような気分になった。

「もう帰ろうか」

駿也は額の汗を拭う。

「まだまだだよ。ほらこっち」

フルちゃんはどんどん奥へと入り込んでいく。

神社を抜けると裏には竹林があった。

フルちゃんは嬉々として竹林の中へと入っていった。

「竹林に蝉はいないよ」

文句を言いながらも、駿也はその後をついていく。

確かに一際大きな蝉の声が聞こえてきた。

「な、すごいだろ。教えてもらったんだ」

「誰に」

「知らない。でも今度でかい蝉を見せてやるから来いって言われたんだよ」

尋常ではない音量の蟬の声だ。

声からすればアブラゼミだが、おそらく一匹であろうその蟬の声は普通に会話出来ないぐらいに大きな音だった。

「いたいた」

そう言うとフルちゃんは奥へと向かって走り出す。

その前に笹《ささ》を掻き分け男が現れた。

小さな駿也たちから見ると、巨人と言ってもおかしくない長身の男だった。

「ぼっちゃん」

男はニヤニヤ笑いながらフルちゃんに言った。

「ああ、おっちゃん。見に来たよ」

フルちゃんは嬉しそうだ。

が、駿也は少しも楽しくなかった。不安だった。だが友人に臆病者《おくびょうもの》だと思われたくはなかった。だから何も言わなかった。

「じゃあ、こっち来いよ。でかい蟬を見せてやるから」

男は竹林をさらに奥へと向かった。

フルちゃんは疑うことなくついていく。仕方なく駿也もその後を追った。

竹林の奥に、青いビニールシートでテントのようなものが作られていた。

汚れた水の入ったペットボトルがその周囲に置かれてあった。

「猫、ありゃ、だめだめ。可愛いけどね。可愛いけどありゃ駄目だね。ぼっちゃんはこっちに」

テントの前にビールケースが三つ、置かれてあった。それに男は腰を下ろした。

手招きして隣にフルちゃんを座らせる。

「君もこっちおいでよ」

断ることも出来ず、駿也はフルちゃんの隣に腰を下ろした。

「ぼっちゃん、色白いねえ」

近くで男が口を開くと、腐った魚のような臭いがぷんとした。

にっと笑うとその臭いに相応しい汚れた歯が見える。

「で、どうなの、これの方」

男は手でおかしなサインを示した。それが女性器を意味することを知ったのはそれから数年後だったが、にもかかわらずそれが嫌らしく汚らわしい何かであることを駿也は感じていた。

フルちゃんにしてもそれが何か知っているわけではなく、それでも不穏な気配を感じてはいただろう。

ただ曖昧《あいまい》に笑っている。

「まあ、いいからちんこ見せてみ」

男が言った。

これはまずい。

駿也はそう思い立ち上がった。

その時、その男はフルちゃんの両肩をがっしりと押さえていた。

駿也はフルちゃんの腕を引っ張って言った。

「フルちゃん、帰ろう」

「フルちゃん、行こうよ」

はあ、と男は大きな溜息をついた。

魚の臓物の臭いがする。

「田辺《たなべ》が学校の机ん中にパンを入れっぱなしにしてた話知ってる?」

フルちゃんはニヤニヤ笑いながら話を始めた。この事態を「面白い話」で収拾つけようとしたのかもしれない。

「知らないなあ。もうちょっと詳しく話してくれよ、ぼっちゃん」

そう言うと男はフルちゃんを抱き上げようとした。当然フルちゃんは必死になって抵抗した。

男は顔についた埃を払うように自然な態度で、フルちゃんの顔面を正面から殴った。

男の拳は大きく、岩のようにごつごつしていた。

一発目で悲鳴を上げ、二発目で黙った。

黙ったフルちゃんを抱えて、男はテントの中へと消える。

中から声がした。

「あっ、そこで待ってろよ。でないと殺すぞ」

駿也は失禁していた。

半ズボンから流れるそれが、火傷するほど熱いことに驚いていた。

田辺くんの給食の話を、フルちゃんはものすごい勢いで話し出した。

それは途中から悲鳴に変わった。

やがて悲鳴は泣き声へと変わる。

そして肉を殴打する音。

泣き声はやがて啜り泣きになり、すぐに聞こえなくなった。

後は堅いものをごつごつとぶつける音。ぴしゃぴしゃと気の抜けた平手打ちをするような音。そして泥をこねるような粘《ねば》った音。荒い息。

テントを撥《は》ね上《あ》げて男は顔を出した。

上半身裸だった。

皮も肉も緩んだだらしない裸体だった。

そして口の周りが赤黒い何かで濡れていた。

「ぼっちゃんもおいで」

猫なで声で男は言った。

反射的に駿也は逃げ出していた。

ぽんっと頭の中で何かが破裂したようだった。

恐怖を感じたのは、神社を抜けて走り続けていることに気づいた時だ。

足が竦み、前のめりに倒れた。

倒れながら這って逃げた。

逃げながら立ち上がり、また走る。

走るほどに恐怖は増した。

恐ろしさのあまり死にそうだった。

死にそうだと思うとまた恐怖が増した。

自転車に飛び乗り、家に走り帰ったはずなのだがよく憶えてはいない。そのまま部屋に籠もり、布団を頭まで被って震えていた。

警察に言うどころか、両親にすら何も言えなかった。

その話をするとすぐにあの怪物が現れて酷いことをするような気がしていた。

震えて眠れぬ夜を何度か過ごし、駿也の夏休みは終った。始業式の日、フルちゃんが学校に来ていないことを知った。

そして卒業の日まで、彼はフルちゃんに会うことはなかった。

恐怖から逃れるのに多くの時間を必要とした。新聞社に就職が決まった時、彼はその記憶に決着をつけようと、フルちゃんの行方を追った。結論から言えば、フルちゃんは亡くなっていた。何で亡くなったのかはわからなかったし、自分の気持ちの整理をつけるためだけにそれ以上他人の過去を探るつもりもなかった。

もしもあの時警察に通報していたら。

彼はもう二度と、恐怖から逃げ出しはしないと自らに誓った。

そして今、恐怖に足が竦みそうになっていた。

すぐそこだ。

すぐそこに尚美がいる。

ぱんと音をたて両頬を叩くと、駿也は部屋の中へと飛び込んだ。

4.

「尚美！」

笛の音が聞こえる部屋に駿也は飛び込んだ。

そこにいるのは、酷く怯えながら後退る尚美だけだった。
駿也には黒マントが見えない。
七人の子供たちが見えない。
だから尚美が何に怯えて後退っているのかがわからない。
その戸惑いに、尚美が先に気づいた。
「こっち」
駿也の腕を引いて部屋から飛び出す。
廊下に出て出口の方向を見て足が止まる。
廊下の向こうで七人の子供たちが待っていたからだ。
勝ち誇ったように笛の音が大きくなる。
「何、どうしたの」
駿也には何もわからない。
尚美にまた腕を引かれた。
反対側を向いて走り出す。
駿也は何もわからず後を追った。
子供たちの歩みは、見るからに遅い。
が、いつの間にか距離が詰まっている。

振り返るたびにどんどん近づいてきている。
まるで「だるまさんが転んだ」で遊んでいるようだ。
追われるがままに走って行き止まりに追い込まれた。その先にあるのは上り階段だ。
尚美は迷わず階段を駆け上った。
迫る子供たちの姿は、駿也に見えはしない。
だが気配は感じ取れる。
それは首筋を触る冷たい手のように、鳥肌を立てさせる。
びくりとさせる。
恐怖は駿也の中でゆっくり育っていく。
歩み寄る七人の子供たちの足音は、囁き声のように駿也の耳に届く。
風の音にもそれは混ざっている。
自らの息ではない息遣いを感じる。
そこにふとあの腐った魚のような臭いを感じた。
——そこで待ってろよ。
男の声までが聞こえる。
抑えつけていたはずのあの時の恐怖が、生々しく蘇《よみがえ》ろうとしていた。
踊り場に黒マントが立っていた。

待ち構えてそこで笛を吹いていた。
子供たちを誘っているのだ。
尚美は立ち止まることなくそこを駆け抜けた。
駿也にはその姿も見えない。
見えないが、駿也の怯懦を笑うものがそこにいる。
またおまえはしくじるんだ。
おまえだけが助かり、大事な人をなくす。
同じことを繰り返す。
「違う！」
叫び、駿也は尚美を追った。
二人は二階の廊下にまでやってきた。
「教えてくれよ。一体何が起こってる」
横を走りながら駿也は訊いた。
しかし尚美には、駿也の質問へ答えるだけの余裕はない。
階下からみしみしと階段を踏む音が聞こえてくるのだ。
それは速くはないが、それでも決して諦めることなく後ろからついてくる。
追いついた時が終わりなのだ。

そのことは尚美が一番よく知っていた。

二階も一階と同じく、廊下に沿って左右に部屋が並んでいる。

尚美はそれを一つずつノブに手を掛け開こうとしたが、どの扉もびくともしない。

そうしている間に子供たちは二階へと上がってきたようだ。

薄暗い廊下に、子供たちの瞳の数だけちかちかと光が見える。

泥のような濡れた瞳が、光を反射しているのか。

しかしこの廊下にそれだけの光はない。

もしかしたら子供たちは自ら目を輝かせているのかもしれない。

そしてその目の光は、駿也にもぼんやりと見えた。目の錯覚と思えばそれで終わりの、わずかな明かりだが、それは駿也の恐怖を煽った。

駿也は尚美の腕を摑んだ。

「こっちだ」

何の勝算もない。ただ何かをしていないと、恐怖に押し流されそうだった。

尚美の腕を引いて、扉が開いたままの部屋へと逃げ込んだ。

その奥に扉がある。

扉の隙間からうっすらと外の明かりが漏れていた。診療所は山沿いの斜面に建てられており、裏側に回ると二階から出入りが出来るようになっていた。

駿也はその扉に飛びついた。

ノブを回し、押したり引いたりしたがびくとも動かない。

肩から体当たりする。

少しだけ外へ動いたような気がした。

駿也は体当たりを繰り返した。

尚美は、ぼんやりと後ろを見ていた。

子供たちはそこまで来ていたのだ。

その横に黒いマントの男が立っていた。

もう笛を吹いてはいなかった。

「その子は役にたたないよ」

黒マントは体当たりを執拗《しつよう》に繰り返す駿也を指差した。

「自分のことで手いっぱい。友達も裏切るような人間だからね」

「駿也はそんなことをしない」

尚美は言い切った。黒マントの男はそれに薄く笑って答えとした。

「じゃ、仕上げといきますか」

腰に巻き付いた黒猫がにゃあと鳴く。

肩に止まったカラスが嬉しそうにかあああと鳴く。

黒マントは尚美を指差した。

「おまえはいらない。いなくなっちゃえ」

泥玉を埋め込んだような目をした子供たちが、手探りするように両手を前に伸ばし近づいてくる。

駿也も近づく何かを感じ取ってはいた。

それは死にそっくりの恐ろしい何かだ。

ノブを摑み、壊れてもおかしくない勢いでガチャガチャと動かす。

だが扉は開きそうにない。

もう時間がないことが駿也にもわかった。

その時、肩を押しつけるようにしていた扉が、何の抵抗もなく、すっと開いた。

もう少しで悲鳴を上げるところだった。

開いた隙間から、外の陽光が差し込んだ。

真昼の太陽が、子供たちを照らした。

舞い上がる埃と、強烈な陽射《ひざ》しが、一瞬子供たちの姿を駿也にも見せた。

駿也は自分たちを追っていた者たちの姿を初めて見た。

そして肩から外へと転がり出ていた。

その身体を受け止めたのは、上之郷勝夫だった。

上之郷はその場に立ち尽くしていた尚美の腕を摑み、外へと引っ張り出す。

上之郷もまた、光の中に浮かび上がった子供たちと、その後ろに立っている黒マントの姿を見た。

慌てて扉を閉める。

「上之郷さん、どうしてここが」

尚美が訊ねた。

「声が、みんなの声が聞こえたからね」

上之郷は悲しそうな顔でそう言った。

5.

煤《すす》けた天井。黒ずんだ柱。陽に焼けた畳。

それらが埃や黴《かび》や湿気《しっけ》と合わさって、古い日本家屋のにおいを作り出している。

それは同時にこの家の持ち主、上之郷勝夫のにおいでもあった。

陽は傾き、ついさっきまで硝子戸から見えていた緑鮮やかな山々の稜線《りょうせん》が、今はうずくまった巨人の影のような黒々したシルエットを見せている。

室内の明かりは蛍光灯一灯だけだ。それも端の方から黒く変色しており、明るさよりも暗さを強調している。

和室用のテーブルは桜材で作られたそれなりにしっかりとした造りのものだ。テーブルだけでなく、柱も壁も天井も、それぞれを見ていくと材料も細工も手が掛かっている。しかしすべてろくに手入れをすることもなく放置されているようだった。

そんな上之郷の気持ちを代弁して、部屋の隅の籐《とう》のゴミ箱が、嘔吐《おうと》するように紙屑《かみくず》を溢れさせている。

テーブルの上には、宿舎から持ってきた写真やポスターが並べてあった。

暗い顔でそれを見ている上之郷と、駿也たちはテーブルを挟んで対峙《たいじ》していた。

「教えてください、サーカスで何があったんですか」

駿也の問いに、上之郷は真っ白になった頭を下げ、唸《うな》るように呟いた。

「トミーの呪いだ」

えっ、と駿也は聞き返した。

上之郷は話を続ける。

「トミーは私たちみんなの……あこがれやった。彼の周りにはいつもたくさんの子供たちがいて」

それは六十年前のこと。

村の空き地を整備して仕上がっていく巨大なテントは、それだけで村人を魅了した。伊勢《いせ》神宮《じんぐう》と、国立公園を有する志摩半島の二大観光地の近くではあったが、田舎町にこれだけの規模のサーカス小屋が出来るとは、誰も思っていなかっただろう。

*

上之郷忠造はこの周辺では知らぬ者のいない名士だった。

三重県の町医師だった忠造の叔父が経営に疎《うと》く、伊勢の網元の三男坊だった忠造が今で言うところのコンサルタントのようなことを始めたのが上之郷会病院の始まりだった。

忠造が類《たぐ》い希《まれ》な経営センスを持っていたのは間違いない。本格的に病院を任されてからたった五年で、三重県内に上之郷会グループとして三つの総合病院と、伊勢市内に本格的なサナトリウムを設立した。

その背景には順調な不動産業がもたらす資金があり、勢いに乗った忠造は衆議院選への出馬も意欲的に計画していた。

そんな矢先の上之郷サーカス設立だった。それは彼の成功の証《あかし》だったのだ。

その経営手腕の見事さから、すべてを損得で考える商売人、という印象がある忠造だ。

しかし実際は本気で医は仁術と考えており、政治参加もこの国を良くしようと考えてのことで、一言で言うなら本物のロマンティストだったのだ。

そうでなければサーカスの興行などに手を出したりはしない。

彼にとっては医者も政治家もサーカスも同じ、人助けのためだった。

昭和初期に黄金期を迎えた日本のサーカスは、世界大戦を経て壊滅的な状況になった。その後サーカスは有志が再建のために尽力を重ね、再びその数を増やしていった。上之郷サーカスが所属していた日本仮設興行協同組合には、その当時二十あまりの団体が参加し、それなりの活況を見せていたのだ。

規模は小さいが、上之郷サーカスもまた連日の賑わいを見せていた。

大天幕を中心として大小様々なテントが設営され、華やかな服を着た芸人たちがたむろするテント村は、すでにそこからが異世界であり、人々を魅了していた。興行は午前と午後の二回だが、始まる前から、日が暮れ子供たちがテント村から追い出されるまで、ここにいること自体がみんなの楽しみとなっていた。

大天幕の中で行われる様々な芸、鉄製の長いポール一本でバランスをとる綱渡り。音楽とともに美女が宙を飛ぶ空中ブランコ。そういったサーカスの中心となるものとは別に、他の小さなテント小屋で行われる芸も用意されていた。

その中で子供たちに大評判だったのがトミーのショウタイムだった。

小さなピエロが飛びつくようにして手回しオルガンのハンドルを回す。

その曲を伴奏に歌っているのは、なんと真っ黒のマントを羽織り大きな黒い帽子を被った人形なのだ。

その人形の顔は、まだ日本では珍しかったアンティークドールを真似たのか、驚くほど端整で、腹話術人形にありがちの顎や口の誇張《こちょう》がほとんどなく、愛らしい顔つきをしていた。

その人形が歌っている。

Boys and girls Boys and girls
Step right up Step right up
Come closer Come closer
Oinai oinai
Kaminogou Circus oinaiyo
Amazing Tommy's show time now!!

よく見れば口が喋りにぴったりと合っているわけではない。がそれでも、誰がどう見ても人形そのものが喋っているようにしか見えなかった。

もちろんこれは腹話術だ。

人形の隣にいる金髪碧眼《へきがん》の髭男――トミーが喋っているはずだ。が、彼の唇は微塵《みじん》も動いていない。

子供たちはこの歌や口上を聴くためだけに、その前に座り込んでいた。皆目を輝かせ、ちょっとした黒マントの人形の仕草《しぐさ》に大笑いし拍手し足まで鳴らす。

「ところで、今日はネコくんとカラスさんがいないようだが」

トミーが訊ねる。

「奴らは中で休憩中だよ。勤勉なのはぼくだけさ」

二人とも驚くほど達者な日本語で喋る。いや、二人ではない。それは一人の男が喋っているのだ。

「外に出てきてもらえないのかい」

「パパさん、そんなことしたら誰も木戸銭《きどせん》払って中に入ってくれないだろう」

「こらこら、ここは子供たちの国だぞ。お金の話なんかするもんじゃない」

「そんなこと言って、この間、昼飯食う金がないって――」

「ええ、みなさん。この後こちらのテントの中でトミーのショウタイムが始まりますよ。みんなの大好きなネコくんもカラスさんも待っているよ」

「本当に待ってるのかい」

黒マントがそう言うと、後ろのテントの中からにゃあああ、かあかああああと声が聞こえた。もちろんこれも腹話術だ。

「ほらごらん。さあ、みんなもこちらで券を買ってくださいね」

子供たちがなけなしの小遣いを持って集まり、トミーに渡すと、その代わりに小さなチケットを受け取った。

*

「笑顔笑顔笑顔、どちらを向いても笑顔がありました。それが上之郷サーカスでした。ところがある時、サーカスの会場で、私の友達がいなくなった。一人だけじゃない。時をおいてまた一人、また一人。そうなると真っ先に疑われたのはサーカスの住人たちで、気がつけば犯人扱いされとった……」

上之郷は俯き、大きく息をついた。

「子供たちは見つからんかった。子供たちの親や村人たちはそれでは収まらんかったです。みんなでサーカスに押し入ってきて、子供を返せ、言うて。そのあげく、誰かがテントに火、つけた……」

上之郷は俯き黙り込んだ。

こめかみに血管が浮かぶ。

歯を食いしばっているようだ。

「……焼け跡からはいなくなっていた七人の子供たちと、トミーの死体が……」

上之郷は顔を上げた。

その目が潤《うる》んでいる。

「あの時私がみんなをサーカスなんかに誘わんかったら……何で自分だけ助かったのか」

魂が飛び出そうな大きな溜息をついた。

テーブルに乗せた握り拳がぷるぷると震えていた。

「トミーは私らの味方やったのに……今でも悔《く》やんどります」

喉に詰まったものを吐き出すように、上之郷はそう言った。

「そんな人がどうして呪いだなんて」

そう言ったのは尚美だ。

「すべてはあの火事のせいです」

上之郷はそう言って駿也たちが持ってきた新聞記事の、土下座する忠造の写真をじっと見た。

「言い訳はしません。すべての責任者が親父でしたから。あの火事で、親父もこの村もすべてが変わってしまった。夢を失って人生を狂わされて親父は、村の忌《い》まわしい記憶となったサーカスのすべてを処分しようとしました」

おそらくその忠造の写真であろう。モノクロの写真が額に入れて壁に飾られてあった。髭を蓄《たくわ》えたいかめしい顔の中年紳士だ。

外はすっかり暗くなっていた。

天井近くに飾られた祖先の顔はどれも薄暗い影に包まれていた。

「私はね、焼け跡で見つけたんですよ。彼を」

「彼って誰ですか」

駿也が訊ねると、声を潜め上之郷は言った。

「黒マントですよ」

「えっ」

「私は黒マントが忘れられんかった。だから黒マントを……黒マントを見つけて家に持ち帰りました」

「ちょっと待ってください。その黒マントって」

質問しようとした駿也に気づかぬ顔で、上之郷は話を続ける。

「その矢先です。この村で奇妙なことが起こりだしました。始まりは私の父でした。何か様子がおかしいなと、最初は歳のせいかと思っていたのですが、何かに怯え、物陰に隠れ、私がぼぉあんがーぼぉあんがーと歌いだすと、こっぴどく叱られました。あいつが来る、あいつが来ると何度も言って、仕舞いには布団に潜り込んで出てこないようになりました。大小便も布団の中で済ませるので、その時居間はまあものすごい臭いが籠もっておりました。少し前までは村の名士で、その力の及ばないところはない、傲慢《ごうまん》な男だったのですが、それがもう人間じゃなかったです。まるきり獣でした」

上之郷は息も継がず一気にそこまで喋った。

「次におかしくなったのは、宝田《たからだ》という男でした」

宝田は突然何かに怯えるようになり、やはり最後は家に籠もって外に出なくなった。それが突然、用水路に顔を突っ込んで死んでいるのが発見された。

次は米村《よねむら》の夫婦。二人揃って納屋で首を括って死んでいた。

その次に田島《たじま》が家に火をつけて焼け死んだ。

「行方不明になったり死んだりするものは、それからも増えていきました。サーカスの関係者はすぐにちりぢりになり村から消えていきました。私はだんだん恐ろしくなってきた。というのは、父が狂い死ぬ前に、私は見たんです。父の寝る布団の中で笑っている黒いマントの人形を。それでわたしはすっかり黒マントが恐くなって」

上之郷は人形を布団でくるみ、しっかりと縄を掛け、村を出て行く長距離トラックの荷台に捨ててしまった。

「その人形がいるところで、恐ろしいことが起こる……そういうことですね」

上之郷は小さく呟いた。

「……トミーの呪いはまだ続いているんだ」

駿也は言った。

「事件現場の周辺に黒マントの人形があるはずだ」

「私のせいだ」

上之郷は頭を抱えて項垂れた。

顔色が悪い。

「上之郷さん、大丈夫ですか」

尚美はすぐ横について、その背を撫でた。

「ありがとう。もう歳も歳や。この先長くない。今トミーの呪いがまた始まったのも何かの縁。できるもんやったら私がこれを止めようと思ってます。大丈夫、呪いはここで終わらせてやりましょう」

上之郷は二人を見て笑みを浮かべた。

6.

いきなり尚美目掛けて湯飲《ゆの》み茶碗《ぢゃわん》が飛んできた。

左目の上に当たり、茶碗が綺麗に二つに割れた。

小学二年生の夏休みが始まったばかりだった。珍しく朝から母親の機嫌が良かった。冷蔵庫の中をあさり、残り物で炒飯《チャーハン》を作ってくれた。鼻歌混じりで皿に盛り、食べてと尚美に皿を差しだした。母娘で美味《おい》しく食べた。

嬉しかった。

おかあさん、おいしい。

これ以上ないほどの笑顔で尚美が言ったら、湯飲み茶碗が飛んできた。

何をしくじったんだろう。

何で怒らしちゃったんだろう。

こぼれたお茶が畳を濡らしている。

慌てて雑巾《ぞうきん》を取りに行こうと立ち上がると、後ろから蹴られて畳に突っ伏した。

「逃げるんじゃないよ」

そう言われ、尚美は振り返ってそうじゃないんですと言った。

「何でおまえは被害者面するんだよ。あたしが悪者か？　虐待か？」

違いますわたしが悪いんです。

尚美は畳に額を打ち付ける。

「だーかーらー、そういう態度を言ってんだよ。何度言ったらわかるんだよ。普通の子供は一回言えばわかるんだよ。おまえは異常なんだよ。異常のくせに、異常で散々親に迷惑掛けてきたくせに、何でそんなびくびくするふりすんだよ。そりゃ、仕事で忙しいからいつも美味《うま》いもんを食べさせられないかもしれないけど、それをなんか、滅多《めった》に美味いものを食わしてないみたいに、わざわざ『おかあさん、おいしい』って、ムカムカすんだよ」

母親は後ろから襟首を摑んで尚美を立ち上がらせた。

尚美は操り人形のように爪先立《つまさきだ》ちでふらふらと歩く。

「反省してろ」

押し入れの開き戸を開け、その中に荷物のように投げ入れた。

開かないように両開きの取っ手を外から紐で縛る。

その間もずっと中からどんどんと扉を叩いていた。

「ごめんなさい、おかあさん、ごめんなさい」

延々と呪文《じゆもん》のように繰り返し、戸を叩き続けると「うるさい」と怒鳴られ、最後は「あんたなんか産まなきゃ良かった」と吐き捨てるように言われた。

戸の隙間からわずかばかりに光が漏れ入る。明かりはそれだけだ。尚美はその中で泣いていた。

泣き疲れ涙が止まると、左目の上が酷く痛いことに気がついた。

指でそっと触れると、飛び上がるほど痛かった。

痛みのことを忘れようとすればするほど痛みは増す。まるでそこに心臓が出来たように、鼓動に合わせてずきずき痛む。

それでも泣いたり叫んだりした反動で、急に身体がだるくなり、気がつけばうとうとしていた。

がくんと前に倒れそうになり、目が覚める。

痛みは多少治まっていたが、喉が渇き腹が減る。炒飯はまだ数口食べただけだ。

ああ、またしくじった。

おかあさんを怒らせてしまった。

どうして自分はきちんと言いつけを守れないんだろう。

頭の中で反省を繰り返していたら、きゅるきゅると腹が鳴った。

で、不意に思い出す。

ポケットを探った。

思った通り、キャンディーが一つ入っていた。赤く透き通ったイチゴ味のキャンディー。包装紙を開いて中から出そうとして、下に落としてしまった。

ころころと転がるそれを目で追い、手を伸ばそうとして、動きが止まった。

そこに影よりも暗い何かがいたからだ。

黒いブーツ、黒いマント、そして黒い帽子。

黒い服の男が手を伸ばし、赤いキャンディーを摘まみ取った。

思いがけない報償を手に入れた顔でそれを口に入れようとして尚美と目が合った。

あっ、と声を上げるとその手からキャンディーが落ちた。

また床をころころと転がっていく。

「こらまて」

そう言って手を伸ばすとキャンディーが逃げる。指を伸ばすとその間を跳ねるように逃げる。そのうちにそれがキャンディーではなくなっていた。

それはルビーだ。

大きな大きな赤いルビー。

それは兎《うさぎ》のように男の手を逃れて跳ねる。

「ああ、もう」

焦《じ》れた男がハンカチを取りだした。

魔術師のようにくるくると回してから大きく広げる。

それはルビーの上に被さった。

「ほら」

男は自慢げに尚美を見た。

「あっ」

尚美がそれを見て声を上げる。

白いハンカチの中央が赤く輝き、膨らんでいく。
どうなるの。
尚美が目で問う。
さあ、どうなるかな。
男は楽しそうだ。
大きな椀《わん》を伏せたように、ハンカチはドーム状に盛り上がっていく。
その中で何かがきらきらと輝いている。
見てごらん。
男はそう言ってハンカチの裾をめくりあげる動作をする。
尚美は頭を床に近づける。
そして、そっとハンカチをめくった。
信じられなかった。
そこは見たことのない町だった。
夜だったはずなのに、陽は高い。
真昼の異国の町。
極彩色の建物が軒を連ねていた。
遠くから楽しそうな音楽が聞こえる。

大きなワゴンの上に載った箱にはハンドルがついている。それを小さな道化師が飛びつくようにして回していた。

音楽はそのワゴンに載った箱から聞こえていた。

　ぼぉあんがー、ぼぉあんがー

　ステプライ、ステプライ

　カンクローさん、カンクローさん

　おいない、おいない

さらに遠くからは猿の鳴き声や、子供たちの笑い声が聞こえている。

長い長い二本の脚が尚美を跨いだ。

見上げると遥か上空にニコニコ笑う男の顔が見えた。

樽《たる》のように太った男が、身体中に鎖を巻いて顔を真っ赤にしている。

道化師たちがふざけ合いながら、駆け抜けていく。ぐるんぐるんと側転するたびに、ぷぴ、ぷぴ、と奇妙な音がした。

もしかしたらこれが遊園地というところかもしれない。

尚美はそう思った。

いつか連れていってくれると母親から聞かされているまだ見ぬ遊園地は、幼い尚美にとっては天国と変わりない魔法の楽園だった。

頭の中で膨れあがった妄想以上に、この場所は奇妙で賑やかで楽しかった。

火のついた松明《たいまつ》でおてだま《ジャグリング》をする男が、隣にいる男にぽんと松明を投げた。

男は松明を受け取るとそれを高く掲げ、その炎に向けて息を吹き掛けた。

するとその息はごおと音を上げて燃え上がり、紅蓮の炎が竜のように身体をくねらせていた。

びっくりして後退る尚美の肩を誰かが叩いた。

振り返ると、そこで待ち構えていた人差し指が頬に刺さる。

誰、と振り返るとそこに黒ずくめの男がいた。

腹を抱えて笑っている。

「ひぃひぃ、ひっかかった、ひっかかった」

「何がそんなに面白いんですか」

「だって、だって、ゆびを、ぷにゅって、あはははは」

無視して歩き出すと、さっと尚美の前に回った。

「ようこそ、ぼくの世界へ。はじめまして。ここはコドモの国。すべての子供たちが幸せに暮らすことの出来る国なんだ」

喋りながら腰を屈《かが》め、尚美の前に顔を突き出した。

人形のように美しい男だった。

つるりとした肌は人のものとは思えない。

ただ男が口を開くと、わずかに焦げ臭かった。その臭いだけが生々しい。それほど男は現実とは懸け離れた存在だった。

じっと尚美を見ていた黒いマントの男は、その手でそっと尚美の前髪を持ち上げた。

途端に奇妙な声を上げて後退る。

「それ、痛そう！　どうしたの？　大丈夫？　何があったの？」

立て続けに訊いてくる。

「これはわたしが……」

「誰にされたの？　酷いことするなあ。あのママが」

尚美は男に最後まで言わせなかった。

「わたしが悪いの。わたしが悪い子だから」

「そうかなあ？　ほんとにそう思っている？」

尚美は俯いて黙り込んだ。

「まあ、いいけどさ。このままじゃあ、学校にも行けないよね。いいから、ちょっとじっとしててね」

男が掌を傷へと向けた。

尚美が身体を反らせて手から逃れようとする。

「駄目だよ。動かないで。じっとしてて。大丈夫、心配ないから」

尚美はじっと掌を睨んでいた。

冷たい風が吹いた。

その途端に痛みが消えた。

尚美から見ることは出来なかったが、熱湯を掛けられた薄氷のように傷が消えていく。

「ほらね」

男はマントの後ろに手を回し、手鏡を取りだした。

にゃあ、と手鏡が鳴いた。

それには真っ黒な毛が生えていた。

「見てごらん」

手鏡を尚美の前に出す。

前髪を持ち上げて見た。

傷一つ残っていなかった。

「可愛くなった。それにしてもこんな可愛い子をどうしてぶったりするんだろうね」

「だから、それはわたしが――」

「よおし、こうしようか」

手鏡をマントの後ろに隠すと、今度は三股《みつまた》に分かれた黒猫の尻尾を取りだした。

にゃあ。

どこに口があるのか、それが鳴いた。

尻尾の先を左右の耳に突っ込み、残った一本の先を尚美の胸元へと当てる。

ひんやりとする感じは、まるで金属のようだった。

どうやらこの三股に分かれた猫の尾は、真っ黒の毛が生えた聴診器のようだった。

「あらららら、やっぱりそうだったんだ。わかるよ、わかるよ。そりゃそうだものね」

男はしきりに頷く。

「君も聞いてごらん。これ、誰の声だと思う?」

男は自分の耳に当てていた猫の尾を、尚美の耳にねじ込んだ。入るわけなさそうなそれが、すっぽりと耳に収まった。

どう?

男が顔を覗き込んだ。

尚美はもう一つの先を自分の胸にそっと当てた。

――おかあさん、しね。

吐き捨てるような声が聞こえた。

それは間違いなく自分自身の声だった。

尚美は耳から猫の聴診器を毟り取って捨てた。

「大事にしてよ」

地面に落ちてくねくねと動く聴診器を取りあげると、男は言った。

「いいんだよ。君はそう思って当然なんだから。君は君のことをもっときちんと考えようよ。それでないと、ぽんと心が弾けちゃうぞ」

ぐいと尚美へと近づいた。

その美しい顔が真正面にあった。

また焦げ臭い臭いがした。

「いいこと教えてあげようか」

尚美の髪を掻き上げ、耳を露出させた。

その小さな耳朶に唇が触れるほど近づく。

そして耳の中に吹き入れるように、男は何事かを呟いた。

「えっ、ほんとに？」

尚美が聞き返すと、男はさっと離れ純白の手袋を脱いだ。ぴんと小指を立てて彼女に突き出す。

「よおし、約束しよう。指切り指切り」

そっと手を差しだし、尚美は小指を絡めた。

「いくよ、ゆびきりげんまん、うそついたら針千本のーます、指切った！」

ぽん、と間の抜けた音がして、本当に男の指が抜けた。

びっくりして尚美はそれを落としてしまった。

男がそれを拾い上げ、はいこれ、と渡した。

「これは約束の印。これをね」

そう言うと再び彼は尚美の耳に口を寄せて何か囁いた。

7.

「えっ、ほんと！」

大声でそう言って目が覚めた。

まだ車の中だった。上之郷勝夫と別れて帰る途中だ。いつの間にか尚美は眠っていた。

車は展望台に停まっている。

晴天だ。

陽射しは眩《まぶ》しい。

青い空と白い雲。山々の鮮やかな緑も目に優しい。

観光にはもってこいの日和だ。

家族連れの姿があちこちにある。

運転席に駿也はいなかった。
外に出て、ベンチに腰を下ろしている。
膝の上に資料を広げていた。何か調べ物をしているのだろう。
窓は閉じているので音は聞こえない。
ただ一つ聞こえるのは耳障《みみざわ》りなカタカタと鳴る音。
それは歯の根が合わぬ音だ。
尚美は震えていた。
握りしめた掌が汗でじっとりと濡れている。
歯の根が合わず、カタカタと嫌な音をたてていた。
思い出してしまったのだ。
あの日のことをすべて。

＊

安アパートの一室。
脱ぎ散らかした下着と服。
一度も掃除したことのない窓は病んだ目そっくりだ。目の詰まった網戸に灰色のレースのカーテンが重なり、陽光は日向水《ひなたみず》のようにぬるく、ぼんやりと滲む。

薄汚い雪のように降り積もる埃。

仮眠のために使ったタオルケットとマットはどちらも敷きっぱなしで湿気《しけ》ている。

台所からは異臭がする。

夕方から下水の臭いが酷くなる。

粘つく煙草の脂《やに》がそこかしこにこびりついて部屋を黄色く染めていく。

不快なものを積み上げて作ったパイ生地《きじ》。

これが幼い尚美の宇宙だった。

外にあるのは学校と学校までの道。

そのどこにも彼女の居場所はなかった。

ところがそれ以外の世界があることを知ってしまった。

それは押し入れから行くことの出来るコドモの国。

押し入れの中から消えたことを、尚美は酷く叱られた。何があったのかはもちろん話していない。話したところで信じてはもらえなかっただろうが。

尚美は黒マントの男から聞いた話を思い出す。そして右拳をぐっと握りしめた。

その手に汗まみれになって握られているのは、男の指だ。

本当にそこにあるのかどうか気になって、少し拳を開いて中を覗き込む。

「何見てるの」

ワンピースの襟を直しながら母親が言った。

良い匂いがする。

今から仕事に出掛けるのだ。

尚美は拳を握り直して首を横に振る。

別に本気で訊ねたわけではなかったようだ。

すぐ近くに来て、尚美の頭をそっと撫でた。

「留守番頼むわよ」

尚美は頷く。

機嫌の良い理由がわかった。

今日は恋人と会うのだ。帰ってくるのは明日の昼過ぎ。

玄関先でぺたりと座り込み、母親はハイヒールを履きながら言う。

「尚美はちゃんと起きて学校行くのよ」

後ろからそっと近づき、置いてあるバッグに黒マントの指を入れた。

母親はそれに気づかず出ていった。

扉が閉まる音を聞いた途端に不安になった。自分が正しいことをしているのかどうかがわからなくなった。

不安に押し潰されそうになり、尚美は扉を開けて母親を追った。

アパートの廊下に出ると、部屋の中以上に荒んだうら寂しい空気がずしりとのし掛かってくる。

この錆びついたような世界から、逃げ出すことなど出来ないという気分になる。近所にある煤けたペットショップの小さなガラスケースの中で、売れ残り大きくなっていく犬のことを尚美は思い出す。あれほど可愛らしかった犬が数年で汚れた成犬になってしまう。そしておそらく、それは生きてそこを出ることはないだろう。

尚美は母親の背を追った。

ぺたぺたと音がする。

靴を履き忘れているのだ。

「おかあさん」

尚美は呼び掛けた。

その名を呼ぶと、頼れるのは目の前にいるこの人だけなのではないかと思う。

取り返しのつかない、酷く間違ったことをしているような気になる。

母親は振り返った。

尚美の姿を上から下までじろりと睨むと、近寄ってきた。

尚美の足が竦む。

ぎゅっと身体が縮んだような気分だ。

目の前に立った母親は、音をたてて尚美の頭を叩いた。音は大きいがあまり痛くはなかった。

「また裸足！　何度言えばわかんだろうね、この子は」

唇を歪ませてそう怒鳴る。

その顔を見ていると、水底の汚泥を掻き混ぜたように心が濁《にご》る。

やっぱり良かったんだ。

尚美は思う。

それこそが自分の本心なのだ。

黒マントの力を借りれば、この世界から逃げ出すことが出来る。ここから逃げ出せば、母親から逃げ出せたら、やがては汚泥は失せ澄んだ水を取り返すことが出来るはずだ。

わたしのしたことは間違いない。間違いない。

頭の中で間違いないと繰り返していると、母親は珍しくしゃがみ込み尚美と目を合わせた。

大きな溜息をついてから、口を開く。

「次の日曜は一緒にいられるから、映画でも観に行こうか、ね？」

ぎこちなく微笑《ほほえ》み、立ち上がると去っていった。

えっ、と思わず声が漏れた。

今日から三日後。それが黒マントの男との約束の日時だ。

今なら間に合うかも。今なら……。

だが尚美は何もしなかった。

母親には何も告げなかった。

バッグに入れたものを取り返しもしなかった。

そしてその日がやってきた。

何がどうなったのか、細かなところは覚えていない。

しかし、その時に見たものをはっきりと思い出した。

いつものように目覚ましで起きて顔を洗いに洗面所に向かい、それを見た。

部屋の隅に洗濯するはずの衣類が積み上がっていた。何日もそのまま放置するので、饐えた臭いのするそこに、母親は倒れていた。

目を見開き、口は恐怖に歪んでいた。

悲鳴を上げることはなかった。

そうなることはわかっていたのだから。

母親の手には、指が握られていた。

その指を摘まみ取ったのは、黒ずくめの男。黒マントだ。

「約束は守ったよ」

黒マントはそう言うと、マントを撥ね上げた。

羽ばたくような音とともに、その姿は消えていた。

＊

尚美は自分の指をじっと見ていた。

「私が……お母さんを……」

涙が流れた。

悲しいからではない。

罪の重さに堪えかねてのことだ。取り返しのつかないこと、後悔してもしきれない過ちを悔いる、やり場のない絶望感に泣くのだ。

その時はっと思いついた。

伊勢に向かう前、洋子に預けた蓮が尚美に渡した物のことを。

バッグの中を探る。

出てきたのは尚美が蓮にあげたお守りだ。

あの時は受け取ったままバッグに投げ入れていた。それを返されたこと自体がショックだったからだ。あまり見たいとは思わない。いや、絶対見たくなかった。だから今までそのままになっていた。

袋状になっているそれを今手にして、はっきりとわかる。

中に何かが入っているのだ。

紐を緩め、尚美は中からそれを取りだした。

思った通りだった。

人形の指だった。

蓮はこれを尚美に渡した。

その事実が、直接罵倒《ばとう》されるよりも辛かった。

少しも怖くはなかった。

ただひたすら悲しかった。

誰かにとって必要な人になりたい。保育士はその思いから選んだ職業だ。一度信頼を得たら、子供たちは純粋に信じて頼りにしてくれる。お迎えが来た時、手を離さないでと泣いて訴える子供を見ると、どうしようもなく愛《いと》おしかった。

その蓮を裏切ったのだ。

呪われて当然の行為だった。

指を元通り袋の中へ戻し、バッグに仕舞った。

そして車から出る。

駿也はどこかに電話を掛けていた。

メモを取りながら何度も相槌を打ち、ありがとうございましたと電話を切った。

「あ、少しは眠れたかい」

近づく尚美に気づいて駿也は言った。

こくりと尚美は頷いた。

「上之郷さんが人形を捨てたことで、あの村の災難はやんだ。すべての元凶がその人形なら、人形を捜して、また捨てれば良いはず。とにかく現場を当たって――」

「駿也、もういいよ」

「いいって、何が」

「もういいの。もし呪いが私に掛かっているとしても、もういいのよ」

「何言ってんだ。まだ今日中に何とかすれば呪いを解くことは出来るよ」

「だからもういいのよ。それが蓮くんの望みなら、私それを受け入れるから」

「本気で言ってるのかよ」

「うん、私は――」

「そのままでいいわけねぇだろ!」

尚美が驚くほど、駿也は真剣に怒っていた。

ここまで本気で怒っているところを見たことがなかった。

「おまえ、何を考えてるのか知らないけど、おまえの命はおまえだけのものじゃないんだぞ。もしおまえに何かあったら、お腹《なか》の子はどうなるんだよ」

「えっ」

尚美は駿也の顔を見た。

「ぼくたち、親になるんだろ」

「知ってたの？」

「だからその子のためにも助かる方法を——」

「やめてよ！」

尚美が言った。

駿也が驚くほどの大きな声だった。

「私なんかが母親になれるわけないじゃない」

「ふざけんなよ。なんだよ、その『私なんか』ってのは。尚美はぼくにとっても大事な人だし、その子にとってはこの世でたった一人の母親なんだぞ。だいたいおかしいんだよ。ぼくは父親になるんだぞ。まずぼくに何か言ってこいよ。何にも相談なしに、自分一人で抱え込んでんじゃねえよ」

駿也は我を忘れて激昂《げきこう》していた。興奮のあまり途中から立ち上がっていた。

ひとしきり話し終えて、駿也は足元を見詰めている尚美に気がついた。

大きく嘆息して、ぼそりと呟く。

「なあ、俺ってそんなに頼りないか」

「駿也」

怖い顔で頭を押さえ、駿也は尚美の周りを意味なくうろうろした。

「そんなに信用出来ないか」

「だから……そんなことじゃない。そんなんじゃないよ」

「じゃあ、どうして」

駿也は再び尚美の横に腰を下ろした。

風に木々が揺れる。

山間《やまあい》に吹く、清流のような心地《ここち》好《よ》い風だ。

その風が、興奮して熱くなった頰をなぶる。

子供特有の、楽しくて仕方ない笑い声が聞こえた。

遊びに来ている子供連れがいたのだ。

幸せそうなその家族を、尚美と駿也は黙って眺めていた。

尚美が、そっと駿也の手を取った。

「ねえ駿也、聞いて」

そこまで言うと、尚美は黙り込んでしまった。

駿也は辛抱強く彼女が話し始めるのを待った。

ようやく、尚美が話を始めた。

「私、子供の頃のことを全部思い出したの。子供の頃はあまりわかっていなかったけど、私ってお母さんに……ほったらかしにされたり、酷く罵られたり、ときどきは叩かれたり……」

「虐待ってこと?」

「うん、今考えるとそうだったみたい。私は平気なつもりだったけど、それが本当の本当は辛かったのね。それで、あの黒マントが来て」

「会ったことがあるんだ。なるほど、だからあの時君にだけ黒マントが見えたんだ……」

「あの歌もその時に聴いていたの。だから知ってたのね」

尚美は自らが経験したコドモの国の話と、黒マントが子供たちに何をしていたのかを説明した。

「私はトミーの呪いを使ったの。呪いの力でお母さんを……」

「仕方ないよ。君は小さな子供だった。呪いが実際は何を意味しているのか、わかっちゃいなかったんだ。そんなこととの責任なんかとれっこない。もしそれを悔いているなら、君のしなければならないのは次の世代を――君の子供をきちんと育てることだよ」

駿也の話に納得出来たわけではなかった。なんと言われようと、今も罪悪感が心を蝕《むしば》んでいることに変わりはない。だが、その罪の意識も含めて呪いだとするなら、新しい命のために呪いに打ち勝とうという気持ちにはなっていた。そしてそのために力を貸してくれる人間がいるのだということが、救いにはなっていた。今まで生きてきて、そこまで踏み込んで尚美のことを考えてくれる人間が一人もいなかったからだ。

尚美はぽつぽつと、どうやって黒マントと約束をしたのかを説明した。

「黒マントに怨みを晴らして欲しいって頼むと、指を渡されるの。人形の小指。たぶん一種の契約だと思う。指切りげんまんの証。黒マントは大人に怨みを持っている子供と約束を交わして、自分の小指を残していく。『嫌いな人とか邪魔な大人に渡してね』って。そして小指を渡された大人は呪いの力で三日後には滅びていく」

「約束の証……指か」

「こんなこと、すっかり忘れていた。たぶん思い出したくなかったからだろうな。蓮くんのことがなければきっと思い出せなかったと思う」

「……だったら、蓮くんは尚美にも」

うんと頷き、尚美はお守りの袋を取りだした。

「ほらね、これ」

中から人形の指を取りだして見せる。

一見すると本物と間違いそうだが、手に取れば人形の指だということはすぐにわかる。

「これを始末すればいいんじゃないのかな。どこかに捨てるとか、焼いちゃうとか。……ちょっと待って」

駿也は車に戻り、オイルライターと、そのオイルを持って出てきた。

地面に指を置き、そこにオイルをたっぷりと掛ける。そしてライターですぐに火をつけた。

瞬《また》く間《ま》に指が炎に包まれる。

「先輩が就職祝いにくれたんだ。ぼくは煙草吸わないんだけどね、置いといて良かった……」

すぐに奇妙なことに気がついた。

炎は盛大に上がっている。だが、指が燃えているようには見えないのだ。

指は木地《きじ》を砥《と》の粉《こ》で磨き、彩色したものだと思った。燃やせば真っ先に塗料が焦げて黒くなるはずだ。

ところが指はまったく色が変わらない。

焦げてもいない。

オイルはやがて燃え尽きた。そこには置いた時と寸分変わらない小指が落ちていた。

拾おうとして、あちっ、と手を下げる。

「燃えないのよ。たぶん切ったり削ったりも出来ないんじゃないのかな」

言われる前に、駿也は車からカッターナイフを取りだしてきた。

指をハンカチで摘まみ上げ、それで削ろうとする。

無駄だった。

まったく歯が立たない。傷一つつかないのだ。

「くそっ！」

止める間もなかった。

駿也は指を展望台から谷へと投げ捨ててしまった。

「これで終わりだ」

「それならいいんだけ……あっ」

ずっと握りしめていたお守り袋を、尚美は目の前に持ち上げた。

袋は不自然に膨らんでいた。

恐る恐る袋を開く。

「やっぱり……駄目なのよ」

尚美は中から指を摘まみだし、駿也に見せた。

「大人が気づいて捨てたり壊そうとしたりしても、駄目なんだ。そりゃそうだよね。子供が隠したぐらいのもの、すぐに見つかるだろうし」

「問題は、本体の方さ。……人形の手、手袋をしてたよね」

資料の束を探りながら駿也が言った。

「いきなりどうしたの」

「ほら、やっぱりそうだ」

手回しオルガンの上に座る人形の写真を取りだした。確かに人形は白い手袋をしている。

駿也は尚美の腕を取って立ち上がった。

「さあ、行こう」

「だからどこに」

「思い出したんだ。人形のありか」

駿也は尚美を助手席に乗せ、自分は運転席に座る。

「近藤のリサイクルショップだよ」

Fragment：3

ファマーは彼の年齢からは考えられないほど慎重であり、計画を計画通りに実行するために、己を完璧《かんぺき》に律することが可能な人間だった。本人もすっかりそう思っていた。だがその奥底で、ふつふつと沸き上がる熱い欲動は、次第に彼を支配していった。

ファマーがすでに退治したつもりだった獣は、不死だったのだ。彼が築いた檻《おり》を食い破って出てくるチャンスをただ待っていただけだった。

ある日、彼は身体の中で暴れていた獣を突然抑えることが出来なくなった。娼館から買い出しのために外出した時だった。

娼館から歩いて数十分あまりのところにバス停があった。

そこで少年がバスを待っていた。

ファマーよりは二つか三つ年下に見えた。おとなしそうな少年だった。彼の年代で二年歳が離れていれば上下関係がはっきりとする。

この子供なら簡単に思い通りにすることが出来る。

その思いつきが、電撃のようにファマーの肉体を直撃した。

頭の中にその子供を相手にした地獄の責め苦の妄想が思い浮かび止まらない。

膨張したおぞましい妄想に脳髄が炸裂《さくれつ》しそうだった。

いや、その時本当に脳髄の一部が弾け飛んだのかもしれない。

獣は意識の上へと浮上したのだ。

もうファマーは逆らうことが出来なかった。

「あれ、君も乗り損《そこ》なったんだ」

近くに寄ると声を掛けた。

バスの時刻表は心得ている。

次にバスが来るまでかなりの時間があった。同じバスを待つふりをして話をした。恥ずかしがりの少年は「はい」と「いいえ」ぐらいしか言わず、名前すら教えてくれなかった。じゃあ、君はタ《は》ー《い》ク《・》・《い》ニ《い》ー《え》くんだ、と、ファマーはからかった。

少し打ち解けた頃、茂みの中から犬の鳴き声がした。

あっ、あれ、ぼくの犬なんだ。

そう言うと、犬の名を呼んだ。それに犬が応える。

一緒にあいつと遊ぼうよ。

そう言ってファマーはその子供を誘い、遠くへ去っていく犬を二人して追いかけた。

もちろんそんな犬などいない。それは彼の腹話術なのだ。

イマジナリーフレンドとの会話が、一人芝居であることにはとっくに気づいていた。そしてまるで相手が喋っているかのように喋る技術——腹話術を自分なりに自由に使いこなせるようになっていた。練習したのだ。かつて乱暴な水道工事人から彼を救ったように、いつか役にたつのではないかと思って。

そして今その力が役に立とうとしていた。

こうして犬の声で森の奥に誘い込み、少年はファマーのものとなった。

ファマーは大人たちが彼にしたようなことをした。

泣き叫ぶ子供というものがいかに楽しい玩具であるか、ファマーはそれを知った。

彼が馬鹿にしていた暴力は、いざ自分で使うと痺れるような快楽を生んだのだった。圧倒的な暴力を使うと、人は犬よりも従順になる。その事実が、彼を興奮させた。

彼が命じれば人は泥でも食う。

それを見て神になったような気分になった。

散々いたぶり、最後は少年の生死すら彼が自在に操れることを証明し、その残滓《ざんし》を土の中に埋めた。

ひとときの全能感は、母親を殺した時以上の興奮を与えてくれた。

この時はまったく計算外であり、娼館に戻ってからの言い訳に苦心した。

この獣が、彼の生涯を大きく狂わせていく元凶なのだが、その当時はまだ他人を自在に操る快楽という意味で、大人たちを思い通りにコントロールすることとまったく同列に考えていた。

これなら獣を飼い慣らせると思っていたのだ。

それも無理はない。

彼の住む世界の大人たちは、ファマーの思うがままに支配出来た。

彼は娼館から離れるための計画を着々と進行させており、単なる生活設計としてなら、母国の先行きよりも安定していると思っていた。

だから娼館を離れる前に、ちょっとした悪戯《いたずら》を仕掛けるつもりだった。

余裕があったのだ。

そのために利用したのが、かつて自分を玩具のように扱っていた教育係ナディヤーだった。

世話係でもあったナディヤーは、真っ先にファマーの恐ろしさに気がついた人間だ。そして気がついたことは、すぐにファマーに気づかれた。

ファマーは早速ナディヤーを彼の部屋に呼び出した。

ファマーはナディヤーに一枚の写真を見せた。モノクロの古ぼけた写真を見た時、ナディヤーは蒼褪《あおざ》めた。

「ごめんなさい、あなたの鞄から盗んじゃった」

ファマーはいつもと変わらぬ口調でそう言った。

ナディヤーは必死で考えを巡らせた。今から喋ることで自分の人生が決定されるのだ。脇から流れる冷たい汗を意識しながら、ナディヤーは言った。

「そんなもの一ルーブルの値打ちもないよ。いくらでもあんたにくれてやる」

「ですよね。ぼくにとってはそうですよ。でもあなたにとってはどうでしょう。ここに写っているのはお母様なんですよね」

「ああ、ろくでもない母親だけれど、残ってる写真はそれだけでね。もう何年も前に死んでいるから」

「えっ、そうなんですか。それじゃあ二ヵ月に一度金を届けているのは、誰になんですか」

やっぱりこいつは何もかも知っていて言ってるんだ。

ナディヤーは次の一手を考えようとした。

これほど集中して物事を考えるのは生まれて初めてだった。

両のこめかみが激しく痛み出した。

「脅されてるんだ。ここで働いていることを民警に密告されたくなかったら、金を寄越せって」

「意外でしたよ。ナディヤーさんがこんなに親孝行だなんて」

ファマーはナディヤーの話をまったく無視した。

「だから、言ってるだろう。脅されているんだ。ろくでもない母親なんだよ」

「金を届ける時には土産物を買っていくのにですか。ほら」

ファマーは手紙の束を出してきた。

「土産とお金に対する感謝で溢れた手紙ですよね。でもまあいいですよ、ろくでもない母親でも」

手紙の束をベッドの上にポンと投げた。

「お母様の隣に住んでる一家にニーカって女の子がいるよね」

突然話題が変わった。

ナディヤーは返事をしない。黙って自分の足元を見ている。

「彼女が先月から行方不明になっているんですよね。まだ五歳ですからね。ご両親はさぞや心配されているでしょうね。ぼくはね、たぶん、彼女は実家近くの森の中に埋められていると思うんですよね。いや、なんとなくですけど」

ファマーはじっとナディヤーを見詰めた。その奥に潜んでいる怯えのにおいを、葉巻を楽しむように嗅《か》ぎ取《と》る。

「犯人が誰だか知りませんが、怖いですよねえ。あっ、もしもそいつが近所に住んでいたら、あなたのお母さんも危ないんじゃないかなあ」

ナディヤーはごくりと音をたてて唾を呑んだ。

「何が言いたい」

声が掠《かす》れていた。

「ぼくの言うことをきちんと聞いてくれていたら何も悪いことは起こりません。でもぼくに逆らったり、黙ってここから逃げ出そうとしたら、いつの間にかお母様が行方不明になっていた、なんてことが起こるかもしれませんよ」

「もしそんなことをしたら――」

「しませんよ。誰もそんなことをしません」

「……何をすればいいの」

「だから、何もしなくていいんですよ」

そう言うとファマーは「まだね」と付け加えた。

その日からファマーとナディヤーの立場は入れ替わった。ナディヤーは機会さえあれば娼館を逃げ出そうと考えていたが、ことごとくファマーに阻止された。

ファマーが娼館を出る前にしようと思っていたのは、〈偽ビーバー〉の処遇だった。ナディヤーはそのために使うつもりだった。

ファマーが稼いだ金の四分の一が、女衒である〈偽ビーバー〉の懐《ふところ》に入る。残りの大半が店の取り分で、ファマー自身には飴玉が二つは買えない程度の収入しかなかった。それはこの娼館に雇われてからずっとそうだった。

ファマーが物心つく前に、彼を見くびり物として支配しようとした人間を、彼は決して許さなかった。

まずファマーはナディヤーを使い、〈偽ビーバー〉の動向を見張らせた。

〈偽ビーバー〉は街中にある理髪店の二階に間借りしていた。二階とは名ばかりで、ほとんど屋根裏部屋だった。

かつてはそれなりに稼いでいた〈偽ビーバー〉だが、残されたたった一つの収入源である娼館の稼ぎが激減した今、不景気きわまりない生活を続けていた。

だからナディヤーから仕事の話が来た時、喜んで飛びついた。

母親が売り渋《しぶ》っているが上玉なので、何とか説得してくれないか。

そう聞いて町外れの牧草地に建てられたぼろぼろの小屋にやってきた。

町工場で働いているので帰ってくるのはそのぐらいの時間だと言われ、日暮れ間近だ。

陽は西に落ちる直前で影は長い。

小屋のすぐ近くに小さな川が流れていた。

その水音だけが聞こえる。

それ以外があまりに静かなので、水の流れる音がうるさいぐらいだ。

ナディヤーから聞いてきた。

館の人間だ。

ドアをノックしそう告げると、少女の声が聞こえた。

お母さんは川で洗濯をしているから、裏手に回って。

あんたがソーニャかい。ならちょっと話を聞いてくれないか。

そう言って母親のいない間にさっさと話を進めようとしたのだが、少女は頑固に一人じゃ嫌だ。お母さんと一緒じゃなきゃドアを開けない。と、繰り返した。

諦めた〈偽ビーバー〉は小屋の裏へと回った。

その頃には沈みかけた太陽が赤く滲んで巨大な血混じりの卵黄のようになっていた。

血染めの夕日を背に、〈偽ビーバー〉は小川に近づいた。己の黒い影が、長々と流水の中へと伸びる。

〈偽ビーバー〉は精一杯自分が信頼のおける人間に見えるように襟を整え、埃を叩き、最後に彼の仇名《あだな》の基となった偽ビーバー革の帽子を被りなおした。

すでに夜へと片足を踏み出した川は暗く、そこに人影らしきものは見えなかった。

奥さん、奥さん。

〈偽ビーバー〉は、彼が自慢の甘く優しい声で呼び掛けた。

わざわざありがとう。

その声は川の向こうから聞こえてきた。

こっちに来てくれないか。小屋で喋ろう。

すみません、小屋がどうかしたとか。よく聞こえないんですよ。

〈偽ビーバー〉は舌打ちし、川縁《かわべり》に近づいた。

川に向かって張り出した大岩にいた〈偽ビーバー〉が、じりじりと前に足を進めた。

陽はますます落ち、そこから下を見ると何もかもが闇に溶け込んで見えなかった。

奥さん、奥さん。ここは寒すぎる。小屋に入りましょう。

はいはい、ちょっと待ってください。ええとナディヤーさんは若い男だと言ってたんだけど、あんたはえらい年寄りだねえ。

何を言ってるんだ。よく見てみろよ。

〈偽ビーバー〉はさらに前に出て顔を突き出す。

はっはっはっは。

女が笑った。

何がおかしい。

〈偽ビーバー〉が怒鳴る。

あんたが馬鹿面《ばかづら》を突き出すから。

いい加減にしろ、クソ女が。そこで待ってろ。今そっちに——。

こなくていいよ。

その声は〈偽ビーバー〉の耳元で聞こえた。

えっ、と横を見た。

そこには誰もいなかった。

怒りが萎《な》える。

怖かったのだ。

こんなクソ寒いところでの話し合いは終わりだ。俺はもう帰るからな。

すぐ寒くなくなるよ。

川向こうから女の声がした。

そして間髪を容《い》れず後頭部に太い薪木《まきぎ》が叩きつけられた。

頭蓋が砕け、脳漿《のうしょう》が飛び散った。

バランスを崩し、ぐにゃりと崩れたその姿勢で川へと落ちた。

それほど深い川ではないが、それでもいったん頭まで沈み、俯《うつぶ》せた姿勢でゆっくりと浮かんでくると下流へと流されていった。

三日後に川下で〈偽ビーバー〉の遺体が発見された。

詳しく調べれば後頭部の傷など不自然なところはいくらでもあったはずだ。

だが結局民警の手に渡るような事件とはならず、安物のウォッカで酔ったあげく足を滑《すべ》らせて溺《おぼ》れ死《し》んだということですべては終わった。

これがファマーの仕掛けたちょっとした悪戯だった。

＊

ファマーが早く娼館を離れようとしていた理由の一つが、彼を追って現れるバーバヤーガの存在だった。

親戚《しんせき》だ、と称してそのみすぼらしい老女は娼館にやってきた。まったく知らない顔だった。

「オレグのことを覚えているだろう」

老婆はそう言った。

「どのオレグ」

ファマーは訊ねた。オレグなどありふれた名前だ。

「おまえがなぶり殺しにしたオレグだよ」

「何の話をしているのかさっぱりわからないけど」

娼館の誰かを呼んで追い出してもよかった。が、ファマーはそのオレグが誰だったのかを聞いておきたかった。そろそろ殺した子供の数が二桁《けた》になろうとしていた。今まで一度も犯人の疑いを掛けられたことがない。もしこの老女が何かを掴んでいるのなら、それを知りたかった。

「ぼくの部屋に来る？　今は客もいないし」

そう言うと老女は易々《やすやす》とファマーについてきた。不用心な人間は恐れるに値しない。ファマーはそう思った。

老女は部屋の様子をじろじろ見てから言った。

「ここで殺したわけじゃなさそうだ」

「ここでも何も、誰も殺しちゃいませんよ」

ファマーはとぼける。

「孫は私に会いに来るためにバスを待っていた」

老女はいつどこの駅で待っていたのかを告げる。

ぴんときた。

ターク・ニーと名付けた、快楽のためだけに殺した最初の少年だ。

「それでどうかしたの」

ファマーは優しく老婆に訊ねる。

「そのバス停でおまえに連れていかれて、酷い目にあって殺されたんだ」

「何でそんなことを思うようになったの」

「孫に聞いたんだよ。森の中に埋められて腐っているんだって、泣くからね」

ファマーは老婆の皺に埋もれた奥まった目をじっと見る。

本気のようだ。頭がおかしいのかもしれない。しかしそうだとしても、どうしてここまで来た。その〈夢〉とぼくをどうやって結びつけた。何を知ってる。

老婆は鼻で笑った。

「小悪党がいろいろ考えを巡らしているようだが、わしは民警の世話にはならんよ。わしは世界の成り立ちをちょいと知っている。おまえなんぞよりずいぶん智慧《ちえ》があるんだ。みんなはわしを森の魔女《バーバヤーガ》と呼ぶ。道を踏み外した者に罰を与えるのもわしの役目だ。だから可愛い孫を酷い目にあわせたおまえに呪いを掛ける。おまえは道に迷いどこへも辿り着かないだろう。そしておまえは太陽に裁かれる。その時おまえは天の業火《スヴァロギッチ》に焼き殺されるだろう。その日までわしはおまえを追い続ける。空に放った白い鳥は必ずおまえを見つけ出す。わしの力から逃れることは出来ない。覚悟しているがいい」

「何を勘違いしているか知らないけど、まあ、その日を楽しみにしておくよ」

老婆は肩から白い袋を提げていた。

その中に手を突っ込む。

「呪われよ、罪の子よ」

老婆がそこから取りだしたのは、小さな生首だ。それは悲しげな声で言った。

「ひどいよ」

ファマーはそれを見てゲラゲラと笑った。

「悪霊に出来ることはせいぜいそこまでだ。好きなようにするがいいさ、森の魔女《バーバヤーガ》」

そう言いながらファマーは老婆へと近づいた。後ろ手でハンマーを握りしめて。

一呼吸置いてそのハンマーを老婆の頭へと叩きつける。

ハンマーは空を切った。

そこに老婆の姿はなかった。


その日からバーバヤーガは頻繁にファマーの前に姿を現した。外に出れば街灯の下に、木の幹に、すれ違う人の影にその姿が見え隠れする。家にいれば部屋の窓、扉の陰、家具と家具の隙間から顔を出す。

客の後ろからついてきて、商売しているファマーを恐ろしい顔でじっと睨んでいることもあった。

人の心などないように見えるファマーもさすがにうんざりしてきた。

早くこの地を離れるべきだ。

そう思い、彼は計画を早めた。

彼が目をつけていたのはワーニャという金払いのいい客だった。ワーニャは館に来れば必ずファマーを指名した。

彼はソビエト連邦サーカス公団に所属するジャグリングの演者だった。この当時国立のサーカス団では仕事のあるなしに関係なく毎月給料が支払われ、海外公演には出張手当がつくなど、団員は一般市民よりもいい生活を送れていた。特に優秀な演者には高給が支払われ、ワーニャはその一人だった。ワーニャはもしファマーが娼館をやめることが出来るなら、一緒にサーカス団で働こうと誘ってくれた。雑用係としてなら、彼の口利きでも何とか出来る。ワーニャはそう言ってファマーを口説いた。ファマーは彼が本気でそう言っていることを直観していた。

すぐに彼はレーニン共産主義青年同盟《コムソモール》の幹部候補、アレクセイに話を持ちかけた。

そしてアレクセイの口利きで高校卒業の資格を手に入れた上で娼館を辞めた。娼館を辞める時、娼館の持ち主が記念にと操り人形を手渡した。後ろから手を入れて操れる腹話術の人形だ。腹話術人形は顔にからくりを入れるために不自然に頭が大きかったりするのだが、その人形は驚くほど整った顔をしており、それは幼い頃のファマーにそっくりだった。

その時はまだ彼は知らなかったが、それは見知らぬ老女からの届け物だった。娼館の持ち主はそんなことは一言も言わずにファマーに餞別《せんべつ》として渡したのだった。

——やあ、パパ。

人形はいきなりそう言った。

——よろしくね、パパ。

それでファマーはすべてを察した。そして何も知らない素振りで人形に答えた。

「やあ、よろしく。俺はファマーだ。おまえを造り、そして壊すことが出来る者だよ」

そう言ってファマーは笑った。


彼が娼館を離れる時、ナディヤーもファマーと同室だった少年も一緒に消えた。

彼はまるで悪疫だった。

ワーニャとともにサーカス団の雑用係としてモスクワへ渡ってからも、彼は幼い子供を誘拐し、楽しみのためだけに殺すことをやめようとはしなかった。

この頃あれほどしつこくつきまとっていたバーバヤーガの影が消えた。そして消えたことに気づかないほど、ファマーは多忙な日々を送っていた。

サーカス団員として学ぶことは山のようにあった。ここでも、彼は策を弄《ろう》して自分の支配下となる人間を作っていった。それはおおよそ成功しており、やがてファマーは腹話術師として正式に舞台へと上がることとなる。

その切っ掛けは、彼の部屋でファマーが人形と喧嘩をしているのを見られたからだった。以前から一人でいるはずの部屋から会話する声が外に漏れ、周囲の者たちから不審がられていた。

その日も言い争う声を隣の部屋の男が聞いていた。

——もういい加減にしてくれ。

ファマーの声だ。

——どうして、パパ。一緒に遊ぼうよ。

——俺はおまえのパパじゃない。

——パパだよ。ぼくを作ったんだから。

——いい加減にしないとその首をもぎ取るぞ。

——イヤだよ。いたたたた、やめてよパパ。ねえ、パパ。

びっくりして隣室の男がファマーの部屋に飛び込んだ。

そこでは黒いマントに黒い帽子の人形の首を引っこ抜こうとしているファマーの姿があった。

何をしていると訊ねると、人形の方が大声でタスケテーと叫んだ。

凄いじゃないか。

そういう芸を見慣れている男は驚くことなくそう言った。

腹話術と知った人でも、生きていると勘違いするほど黒マントの人形はファマーと別の人格だった。ファマーにはウクライナの訛《なま》りがあったが、人形は綺麗なロシア語を話した。人形は他言語を学ぶのが早かった。ロシア語はもちろん、サーカス団の中にはドイツ語を話せたり、英語を話せたりする者がいた。それらと積極的に会話を交わすことで、人形は日常会話に限ればたちまち何ヵ国語も話せるようになっていた。

人形がいない場所で、ファマーがウクライナ訛りのロシア語しか喋れないことで、ファマーは幾度も他の団員と揉めた。

だがそれも、ファマー自身が本気で黒マントの人形を別の人格だと思っていることがわかってくると、誰もそのことに触れなくなった。

腹話術という芸は、たくさんの言語を話せることが利点となる。そのおかげでファマーは、ヨーロッパ公演なども腹話術師として参加することが出来た。

人形は賞賛を浴び、まるでファマーはその召使いのようだった。

子供殺しはずっと続いていた。前よりも頻度が増していた。その現場に人形を連れて行くことはなかったが、一度子供を部屋に連れ込んだときに人形が騒ぎ出して以来、大きな布で目隠しをするようになった。目隠しさえしていれば、勝手に喋り出すことはなくなった。人形はただ単に純粋にパパを尊敬し愛しているようだった。

その頃彼はサーカスで唯一の日本人青年と仲良くなっていた。シマノという名のその男はかつて『ヤマダサーカス』の名でロシアを巡り、大評判を取ったサーカス団の流れを汲《く》んだ団員で、『ニホンハシゴ』と呼ばれる梯子《はしご》を使ったバランス芸を得意とした青年だった。

ファマーはたちまちのうちに彼を虜《とりこ》にした。が、彼と日本語で親しげに話が出来るのは人形の方だった。ただでさえややこしいこの三角関係に、しばらく放置されていたワーニャが嫉妬《しっと》することで騒動はさらに大きくなった。

そしてある日、ライオンの檻の中で内臓を食われているワーニャが発見される。事故死ということになったが、おぞましい噂が広まった。

その噂の渦中にファマーとシマノがいた。日を追う毎に、二人はサーカス団の中にいることが難しくなってきた。

そんな時、日本でのサーカス興行に必要な人材を集めているのだという男が彼らの小屋を訪れた。ドン・コサック合唱団の日本公演を大成功させた神彰《じんあきら》の関係者である、という触れ込みだった。確かにこの時期、後に「赤い呼び屋」と呼ばれる神彰が、ボリショイ・バレエ団を招致するために画策していたのは事実だ。そしてさらに数年後ボリショイ・サーカスの日本公演が行われるわけで、現地での手配師がシマノのような日本人の演者を探していたことがないとは言えない。しかしその興行師を信じるに足るものが何もないまま、追い詰められていた二人はこの話に乗った。

結果半分は正しく半分は間違っていた。

男は二人を日本に連れ戻った。彼が興行師であったことも間違いない。シマノはボリショイ・サーカスのスターだったという触れ込みで、キグレサーカス、木下《きのした》サーカスなどが名を連ねる日本仮設興行協同組合に所属したサーカス団に入った。ただし交渉はすべてその男が行い、高額の契約金はすべて男が持ち去ったため、しばらくただ働きが続きいつの間にかシマノは姿を消した。

ファマーはそのサーカス団に断られた。外国人の腹話術に難色を示したのだ。それから人づてにいくつかの興行を回り、伊勢の田舎町で新しく設立されたサーカス団への入団が決まった。

日本ではファマーという名に馴染みがないと、ファマーの英語読み「トーマス」から、自らをトミーと名乗った。

バーバヤーガの呪われた人形は、その頃にはファマーをパパと呼ぶ善良な何かに変貌《へんぼう》していた。

呪いに勝った。

ファマーはそう思っていた。トミーはこの異国の子供たちに愛されていた。

ファマーもこの新天地で子供たちの相手をして平和に暮らそうと思っていた。がそれも短い間のことだった。一ヵ月も経った頃には、集まってくる子供たちに手を出すようになっていた。

彼は極東の地でも悪疫だったのだ。

第四章

「台所にママがいたから、俺はおそるおそる〝ぼく、ひどいことされたんだ〟って言ったんだよ。そうしたら、あんたを見れば誰だって、ムカムカするからねって言ったまんま、キッシュを焼いてやがった」

〝ローチェスターの殺人鬼〟アーサー・シャウクロスのインタビューより

『異常快楽殺人』平山夢明《ひらやまゆめあき》著

1.

夕暮れの町が駿也を不安にさせる。

その翌日がいつもと同じように来るかどうかがわからないからかもしれない。

「近藤に最後に会った時さ」

駿也は説明する。

「奴は倉庫にいたんだ。そこにスチールの棚があって、きっと買い取ったものをいったんそこに仕舞っておくんだと思う。その棚に置かれた大きな箱の蓋を、近藤は開けていた。ぼくが入って、慌てて蓋を閉めたんだけど、間違いないよ。そこに入っていたのは人形だった」

「間違いないの？」

「白手袋を見たんだ。あれは間違いなく人形だよ。どこをどう回ってきたかは知らないけど、人形はあのリサイクルショップに売られてきたんだ。その人形に、近藤は呪われた」

呪われるような何かをしたのか、と尚美は訊いてきたが、駿也は曖昧に言葉を濁した。近藤の名誉のため、というより、残された子供や家族のことを考えると、迂闊《うかつ》に話すことは出来なかった。

目的地が近づくにつれて、駿也と尚美の会話が少なくなっていく。夜だからといって真っ暗になるわけでもない。音が消えてしまうわけでもない。それなのに夜の町は、音も光も吸い込んで消し去ってしまうように感じる。

二人が地元に戻ってきた時には、町は闇に呑まれ、もうすっかり日が暮れていた。

絶妙のタイミングでショッピングモールの明かりが消えていく。

駿也は近藤のリュックの中にあったＩＤカードを首から提げた。これを使って従業員用の駐車場に入ることが出来たのだ。

車を停めると、同じＩＤカードを使って従業員口から中へと入っていく。

入ってすぐのところにある警備員室を通り駿也は奥へと入っていった。後ろからついていこうとした尚美が呼び止められる。

警備員だった。

「どこ行くの」

「あ、あのさっきの人の連れです」

「ここにサインしていってくれるかな」

受付のカウンターに、クリップボードに挟んだ入館申込書を押し出した。

名前や行き場所などをさっと記入する。

「そこんところに今の時間、書いておいてね」

尚美は警備員室の壁に掛けられた時計を見た。

零時十分。

それをそのまま書き込む。

「それで目的は？」

その警備員はニヤニヤ笑いながら訊ねた。

痩せて、陰気な顔だった。

「ちょっと忘れ物があって」

適当なことを言うと、警備員は大きく頷いて、言った。

「みんなすーぐ忘れちゃうんですよね。大事なことなのにね」

書き込んだ名前を見て、口に出して読んだ。

「なおみさんか。良い名前だよね。お母さんがつけてくださったの？」

「……さあ、それはちょっと」

「聞いてないの？　そりゃ残念。でもきっとお母さんがつけてくださったんだよ。大事な大事な娘のために」

尚美は曖昧な笑顔を浮かべ、警備員にクリップボードを押し返した。

そのまま踵《きびす》を返《かえ》して駿也を追う。

その背に向かって、警備員は手を振った。

「尚美さん、どうぞ、お大事に」

馬鹿にしたようにそう言う男の右手には、小指がなかった。

＊

家で待っている洋子に電話を掛けた。

——おとなしくしてるよ。でも寂しそうだから早く帰ってきて。

洋子は言った。

代わってもらおうかと一瞬思ったが、止めた。声を聞くとトミーの呪いと戦う気が失せるような気がしたからだ。

電話を切る直前だった。

受話器の向こうで子供たちの笑い声が聞こえたような気がした。あっ、と思ったときにはもう電話は切れていた。

尚美には、部屋の隅で蓮を囲んではしゃいでいるあの濁った灰色の目をした子供たちの姿がはっきりと見えていた。

呪いは続いている。

尚美は確信した。

しかし、でも……。

「でも人形を見つけてどうするの」

薄暗い廊下を歩きながら尚美は訊いた。

「きっと……何かあるはずだ」

「何かって何？」

「それはわからない。わからないけど、上之郷さんが人形を捨てたらそれで呪いは止まったわけでしょ。決着をつけるにはとにかく人形を見つけないと」

駐車場のある地階から、階段を上って一階へ。

たくさんある店はすべてシャッターが下りており、非常灯の明かりだけで見えるイベント広場は、時が止まったようにしんとしていた。

停止したエスカレーターの前に来た時、尚美が小さな悲鳴を上げて立ち止まった。

「何か見えるのか」

「女の子が……」

エスカレーターの上を指差した。

そこに小さな女の子が座っているのが見えていた。泥溜まりのように淀んだ少女の目は、濡れて白く光っている。黒マントの〈仲間〉だ。

しかし駿也には何も見えない。

上を見て強ばる尚美と、動かないエスカレーターを交互に見て、思いきってエスカレーターを駆け上っていく。

その後ろ姿を見送っていた尚美だが、暗闇の向こうから黒マントの男がゆっくりと近づいてくるのを見て、慌てて駿也の後を追った。

後ろから黒マントの笛の音が聞こえてくる。

段差が少しずつ変わっていく、あのつんのめるような奇妙な感じに戸惑いながらも必死で駆け上る。

その途中。

上りエスカレーターと下りエスカレーターが交差するところで、腕を摑まれた。

悲鳴を上げる前に口を押さえられ首を摑まれ、わらわらと現れた子供たちに引っ張られ、仰け反るようにして隣のエスカレーターへと連れ込まれていった。

その気配に振り返った駿也は、バタバタさせる尚美の脚がひっくり返って下りエスカレーターの方へと消えていくのを見た。

彼女を摑む子供たちの姿が駿也には見えない。

それはまるで奇怪な一人芝居のようだ。

段差を飛び降り、隣のエスカレーターへと飛び移る。

が、下にも上にももう尚美の姿はない。

と、階上で何か声が聞こえた。子供の声のようだったが、駿也は駆け上がりほっと息をついた。

そこに尚美が倒れていたのだ。

「尚美！　大丈夫か」

駆け寄り抱き起こそうとした。

と、頭が後ろに仰け反り、熟した果実のようにポトリと床に落ちた。

あまりの事に声も出ない。

落ちた頭はごろごろと床を転がり、首の断面を下に駿也の方を向いて止まった。

「あまり大丈夫じゃないみたい」

尚美の首はニヤニヤ笑いながらそう言った。

駿也は尚美の胴体を投げ捨て、立ち上がる。その手に白い手袋をしているのを見た。

「乱暴だなあ、駿也は」

そう言って尚美の生首は「しくしく」と泣き真似をした。

「おまえは……」

絶句し、後退る。

と、その時見えない何者かに前から押された。

あっ、と思った時にはエスカレーターへと足を踏み出し、バランスを崩していた。

身体を支えようと踏み出した足がさらに宙に浮く。

背後へ尻から倒れた。

そのまま段を二転三転して下の階まで転げ落ちていく。

腰を打ち腕を打ち膝を打ち、最後に頭を打ち付けた。

霞《かす》む視界の中に、駿也を見下ろす黒マントの男の姿と、子供たちに囲まれた尚美の姿が見えた。

助けに行かねば、と思いながら光が失せていく。

「じゃあ、おばさん、一緒に来てもらうよ」

遠くから黒マントの声が聞こえた。

そこまでだった。

すべてが途絶えた。

2.

大カラスが羽ばたくような音。

黒いマントが大きく翻ったのだ。

尚美は七人の子供たちとともにそのマントに包まれた。

思わず目を閉じた。

何の音もしない。

何も起こらない。

尚美は恐る恐る目を開いた。

何もなかった。

そこは真っ暗な世界だった。真っ暗なのに、自分の手も脚も見える。まるで自身が光を発しているかのようだ。

「ここ……どこ」

思わず呟くと、正面に光が差した。

舞台上でスポットライトを浴びているようだ。

光に照らされているのは黒マントの男だ。

背筋をぴんと伸ばし、芝居がかった仕草でマントを撥ね上げて言った。

「ようこそ、ぼくの世界へ」

「何なの――駿也のとこへ返して」

尚美が精一杯の抗議をした。

目の前から黒マントの姿がゆっくりと闇の中へ解けていく。

迷子の子供のように、尚美は周囲を見回した。

今度は黒マントの顔だけが闇の中へと浮かび上がった。

尚美の目の前だ。

「覚えてるかな、おばさん。今日は蓮くんとの約束期限三日目だ」

「何をするつもり」

「本当なら遊び相手はおばさんだけなんだけど」

じわじわと、顔に続いて身体が現れてきた。

「今日はなんと、特別ゲストがいるんだよ」

マントを広げると、その中に蓮がいた。

蓮はじっと尚美の顔を見ていた。

その目を見るだけで胸が痛い。

だが、だからこそ、尚美はじっと蓮の顔を見詰めた。

「蓮くん……」

尚美は言いながら蓮へと駆け寄った、はずだった。

ところが気がつけばサーカスの大テントの前に立っていた。

ゆあーん　ゆよーん　ゆやゆよん
〈夭折《ようせつ》の〉と言われる詩人の擬音語そのものにテントが風にはためいていた。

真夜中だ。

月だけが大きく煌々と輝いていた。

その月明かりですべてが鮮明に見える。

トミーのショウと描かれた幟《のぼり》も、床に散乱したお菓子のクズもジャグリングのバトンも大きな一輪車も。

誰もいなかった。

片付けるのを忘れてみんなが一斉に逃げ出した後のようだ。

急に大きな音がして、尚美はびくりとした。

それは聞き覚えのあるあの曲だった。

――お坊ちゃんお嬢ちゃん《ボーイズ&ガールズ》、お坊ちゃんお嬢ちゃん《ボーイズ&ガールズ》。

見ると手回しオルガンが勝手に回転している。

「ぼぉあんがー　ぼぉあんがー」

それに合わせて村の子供たちが一緒に歌っている。

そして『トミーのショウタイム』と書かれた看板の下に、白人の男性が立っていた。淡い金色の髭を蓄えているので、年齢がよくわからない。

手回しオルガンの上には黒マントの人形が置かれてあった。

――こっちに寄っといで《カム・クローサー》、こっちに寄っといで《カム・クローサー》。

良い声で黒マント人形が歌っている。

子供たちが一緒に歌う。

「カンクローさん、カンクローさん」

見ているだけで笑顔になるような、楽しそうな情景だった。

――さあ、驚異のトミーによるショウタイムだよ《アメイジング・トミーズ・ショウタイム・ナウ》。

子供たちが声を合わせる。

「あめじん、トミーのしょうたいは」

「トミー?　ここは……」

思わず尚美が呟くと、子供たちが一斉に振り返って「しー」と唇に人差し指を当てた。

ごめんなさい、と声に出さず口だけ動かし、その場を離れようと後ろに下がったところで尚美は固まった。

手回しオルガンの上の人形が、尚美を見て手を振ったのだ。

夢だ夢だ、これは夢なのだ。

子供たちも黒マントも、すべて夢。

そう思い自分を落ち着かせる。

するり、と黒マント人形がオルガンから飛び降りた。

足首を留める金具が脚を動かすたびにカチャカチャ鳴る。

黒マントはくるりと尚美に背を向け、大テントへと向かう。

何かを思い出したかのように、テントの前で立ち止まった。

そこで尚美の方を振り返り、手招きした。

そしてぴょんとテントの中へと飛び込んだ。

飼い主に呼ばれた小犬のように、尚美はその後をついていった。

子供たちはその間もずっとトミーの歌を歌っていた。

入り口は大テント正面のお客様用入場口だったはずだが、入ると何故かそこは従業員用の通路だった。

男たちが尚美を押しのけ、血相を変えて走っていく。

外から大声で罵る声が聞こえてきた。

子供を出せ、子供を返せ、人さらい、人殺し。退《ど》け退け殺すぞ。

悲鳴が上がる。

怒声が被さる。

もう何を言っているのかわからない。

それは互いに汚泥を掛け合うような言い争いをしているということだけがわかる、音の塊《かたまり》となって聞こえる。

――サーカスの近所で、子供たちが次々にいなくなったんです。

上之郷の言ったことを思い出す。

――サーカス団の仕業やないかと噂になって、村の人間が押しかけてくる騒ぎになった。そのあげく本気にした誰かがテントに火を放った。犯人がここにおる、言うてね。

今がその時なのだ。

ということは、もうすぐここが火事になるということなのか。

――こっち。

誰かが尚美の袖を引いた。

――こっち、こっち。

廊下沿いの扉を開いて中へと消える子供の後ろ姿が見えた。
尚美はその後について部屋へと入る。
物置なのだろうか。
雑然と木箱や道具類が積み上げられている。
「蓮くん、ここにいるの？　ねえ、蓮くん、お願い、返事して、蓮くん」
ぽたぽたと水の滴る音がした。
——あっち。
足元にまとわりつく子供が、天井を指差した。
見上げると、天井板が一枚外れている。
そこからコップを手にした手が、だらりと垂れていた。
手からコップが滑り落ちる。
かんっ、と大きな音がしてアルミのコップは床に落ちた。
四方に飛沫《ひまつ》が散る。
壁には天井裏へと続く鉄製の梯子が掛けられていた。
そこに部屋があるのだろう。
「蓮くん、蓮くん」
名前を呼びながら、尚美はその梯子を上っていった。

ベニヤ板と鉄パイプで作られた簡素な屋根裏部屋があった。埃と合板のにおいがする。その入り口に男の子が倒れていた。ハンチング帽を被った男の子には見覚えがあった。トミーのショウを最前列で見ていた子供だ。

「大丈夫？　起きて、起きて」

部屋に上がり、尚美はその子供の肩を揺すった。

少年はぼんやりと目を開いた。

「よかった。どうしたの。ここは一体……」

歌が聞こえてきた。

　　ボーイズ&ガールズ
　　ボーイズ&ガールズ
　　ステップライアップ
　　ステップライアップ

数人の子供たちがちょっとずつ歌い繋いでいく。子供にしては綺麗でなめらかな英語だった。日本人の子供ではないのかもしれない。尚美はそんなことを考えつつ、歌の聞こえる方へと近づいていった。

近づくとアルコールと化粧のにおいがしてきた。

床には壊れた人形や、海外の絵本、玩具の類が散乱している。

壁には絵が貼られてあった。

おそらく同一人物による絵だろう。

全裸でニコニコ笑っている金髪の少女がいくつもいくつも描かれている。皆同じ顔で同じスタイルだ。

どうも絵物語になっているらしく、絵の下には文字らしきものが描かれてある。基本的には英文字のアルファベットによく似ている。

が、見たこともない文字も交ざっており、尚美にはそれがどこの国の文字なのかよくわからない。

絵物語は左から右へと、時系列順に並べられていた。

突然他国の軍隊に村が占拠される。

少女たちは拷問にあい、惨殺されていく。

そこに金髪の少女たちが颯爽《さっそう》と現れて、悪い軍隊と戦う。

だが敵の軍隊は大量の兵士を投入してきて、やがてすべての少女たちが死に絶えてしまう。

ところが最後は、何故か死んでいたはずの少女たちも交えて、大宴会が始まる。

少女たちは裸か軍服姿だ。どの少女も同じ髪型同じ顔同じポーズで、すべて同じイラストから模写したもののようだ。それが数百体、狂った写経のように手描きで繰り返し描かれている。何よりそれが薄気味の悪い居心地の悪さを感じさせるのは、少女たちに対する視線が少しも性的でないことにある。小石を並べるように配置される無数の少女たちは、すべて死者なのだ。その歪んだ視線の元凶にある荒廃しひび割れた心の存在に、恐怖を感じる。

端切れを吊して作った仕切りの向こうに、この絵を描いた怪物が潜んでいるのだろうか。

尚美は布の中を覗く。

むっと化粧のにおいがした。

中央にテーブルを置き、円陣に並べられた椅子に、子供たちが座らされていた。

それだけ見ると子供たちの誕生会に見えなくもない。だが子供たちは異様な化粧を施され、半裸の者や、下着姿の者など、まともに服を着ている子供の方が少なかった。しかもみんな両手足を紐で括られていた。

その異様な子供たちが、順にトミーの歌を歌っている。

テーブルには飲みかけのコップがいくつも置かれてあり、それも誕生会のような雰囲気を醸《かも》していた。

そして楽しげに子供たちの間を歩いているのが、外にもいた腹話術師の男——トミーだった。彼自身も半裸で、身体中に奇妙な模様を描き、顔も真っ白に塗っていた。もし誕生会に現れたら、子供たちが悲鳴を上げて逃げていくだろう。

おかしいのはその男だけではない。

子供たちのほとんどがじっとして動かない。確かに歌を歌っているはずなのに、口がぴくりとも動かない。

それでわかってきた。

腹話術だ。

神業に近い、高度な腹話術だった。

黒マントの人形も、そこに座らされていた。何故かそれは黒い布で目隠しされていた。

尚美の横に来たハンチング帽の少年が、彼女にしがみついてきた。

尚美は少年を抱きしめた。

大丈夫。

尚美は小さな声で少年に言い聞かせた。

子供たちは眠っているように動かない。

テーブルの上にはコップやお菓子と一緒に注射器が置かれてあった。

どうも薬物を注射されたり、飲まされているようだ。

男は一人の少年の身体を抱きしめた。

少年はぐったりと力ない。

男にされるがままだ。

――かむくろーさー、かむくろーさー。

男が楽しそうに歌いだした。

その歌の合間に、抱きしめられた子供が「パパ大好き」「パパありがとう」と唇を動かすことなく喋っている。もちろんこれも男の腹話術なのだろう。

しっ。

男はそう言って唇に指を立てる。

――いやあ、素晴らしいね。さいこーだよ。

男は不慣れな日本語で言った。

――おとなしい良い子たちばかりだぁね。

抱きかかえた男の子の頭を撫でる。

――きみのよな、おとなしい子がぼくはだいすぅきなんだよ。

男の子から手を離した。

ぐらりとバランスを崩した少年は、真正面に身体を倒し、顔をテーブルに思いきり打ち付けた。

それでも目を覚ますわけではない。

――君たちもきれいなおにんぎょさんになれて、よかたなあ。

男がそう言うと、彼が片手で持ったカラスの人形がかあああと大声で鳴いた。

——だろう。君だってそう思うよなあ、黒猫くん。

足元に置いてあった猫人形がみゃああと退屈そうに鳴いた。

——みんなよかたなぁあ、ぼくの家族になれえぇて。君も、そうおもうだろ。

まだ化粧を施されていない少女に話し掛けた。

ぐったりしていた少女が目を覚ました。

——あれぇ、まだ効いてないのおかなぁ。

少女は周りを見回してから、甲高い悲鳴を上げた。

男は飛んできてその口を押さえた。

——聞いてなかぁたの。おとなしい子が好きぃだっていたよね。

男の大きな手が口と鼻をしっかりと押さえている。

少女は苦しさに暴れるのだが、手も足も縛られている。そして頭は男に押さえられている。

少女の目がくるりと裏返り、真っ白の目が剝《む》き出《だ》しになった。

それでも男は手を離さない。

にもかかわらず、少女は言った。

——どうもありがとうございます。

少女はぐったりとして動かない。

——パパ、大好き。

言いもしない言葉を喋っている。

そこまで尚美は、動くことも出来ずただじっと見ていた。

ああ、と腕の中の少年が声を上げようやく気がついた。

「逃げましょう」

そう言って少年の腕を引く。

その時、かなり近くから村の人たちの声が聞こえてきた。

こっちだこっちだと呼んでいる。

さっきの少女の悲鳴が聞こえたのだろうか。

子供を返せ、の声がはっきりと聞こえてきた。

クソ！　また邪魔が入った。

男はロシア語でそう言ったのだが、もちろん尚美にはわからない。

男はテーブルを叩き、動かない子供たちを、椅子ごと蹴り倒し、獣のように唸り声を上げた。

そして奥から一斗缶を出してきた。

蓋を開くと中身をじゃあじゃあと床にばら撒いた。

灯油の臭いが鼻をついた。

――パパ、やめて。

その声は、椅子から倒された黒マントの人形から聞こえていた。倒された時に目隠しがずれ、ガラスの美しい両眼が露わになっていた。

――パパ、お願い、やめてよ。いったい何をしてるの。どうしちゃったの。みんなパパのことが好きだったのに、みんなみんなパパを愛していたのに。

男はじろりと人形を睨んだ。

「おまえ、良くない子」

男は人形に近づいた。

そして一斗缶の灯油をびしゃびしゃと振り掛ける。

「やめて！　やめて、パパ」

その時すぐ近くで怒鳴り声がした。

「どこだ。どこにいる。子供をだせぇ」

「ほら、逃げるの。逃げて」

尚美は少年を急かす。

少年は薬の影響か、まだぼんやりとして目の焦点が合っていない。

尚美は自分たちが上がってきた狭い出入り口に、押し込むようにして少年を下へと降ろす。

「頑張って、降りて、早く」

声を掛けていると、少年は何とか下の階へと梯子を下り始めた。

梯子に少年の姿がないのを確認してから、続けて尚美も階下へと降りた。

ごおぉ、と恐ろしい音がした。

男が火のついたマッチを床に投げ捨てたのだ。

一気に炎が燃え広がる。

慌てて尚美も降りようとした。

壁の梯子に足先を掛けようとするのだが、まず足先が梯子を探せない。探し出してもすぐに踏み外す。

焦れば焦るほど梯子を下りられない。

梯子を踏み外しそうになって足元を見ようとしても、狭い出入り口からでは自分の身体が邪魔になってよく見えない。

諦め足元を探りながら下りようと顔を上げると、そこに男の顔があった。

真っ白に塗った顔にグロテスクな彩色が施されている。

ぴんと伸びた髭も、滑稽というより不気味だった。

逃げようとしたのだが、上から髪を鷲掴《わしづか》みにされた。

悲鳴を上げて暴れるが、梯子を下りている途中だ。狭い出入り口も邪魔をして自由には動けない。

「ようこそ、トミーのショウタイムへ」

男はそう言うと、笑いながら空いた方の手で拳を作り、尚美のこめかみを殴った。

容赦はなかった。

一瞬意識が遠のき、梯子から足を滑らせる。そのままずるずると滑り落ちかけたが、また髪を掴んで引き上げられる。

痛みで意識を取り戻した。

頭の皮が千切れそうだ。

その瞬間は、髪の毛だけで自分の体重を支えていた。

慌てて梯子を掴んだ。

楽しそうな男の顔が目の前にあった。

尚美は迷わず拳で鼻面を殴った。

ぐふっと奇妙な声を上げて男が離れた。

赤い血が鼻孔から流れていた。

が、髪を掴んだ手は離れない。

男の目が凶悪に吊り上がった。

「クソバイタ！」

どこで学んだのか汚い日本語で罵ると、平手で頬を打った。

頭が揺れる。

また意識が飛びそうになった。

さっき男を殴った方の指がずきずきと痛んだ。

男は尚美を睨んだ。

後ろでカラスが鳴いている。

猫が鳴いている。

子供たちのざわめきが聞こえる。

それらは順番に聞こえる。決して重ならないので、男が一人でやっていることは明白だった。

それが不意にぴたりと止まった。

男がにやりと笑う。

「ここでは私が王様だ。おまえは逃がさんよ」

背後でごうごうと、燃え上がる炎の音がした。

子供の歌声も聞こえてくる。

　ぼぉあんがー、ぼぉあんがー
ステプライ、ステプライ

カンクローさん、カンクローさん
おいない、おいない
歌声にかぶせて声がした。
「どうして、パパ」
トミーが振り返った。
その背後から身体から炎を噴《ふ》きあげながら飛び掛かる者があった。
黒マントの人形だ。
その手にはテーブルに置かれていた大きなナイフが握られていた。
黒マントは絶叫し、ナイフを男の首に突き立てた。
ナイフは柄まで刺さり、先端が顎の下から突き出していた。
トミーが悲鳴を上げる。
子供たちの歌はとっくに聞こえない。
と、ゲラゲラと老女の狂笑が聞こえた。
——太陽の裁きが下ったよ。天の業火《スヴァロギッチ》がおまえを焼き殺す。
歌うような老婆の歓喜の声にかぶせて、黒マント人形の悲痛な声も聞こえる。
「パパ、どうして。パパ、お願い、やめて」
トミーの首筋からは噴水のように血が噴き出ていた。

尚美の髪から手が離れた。

すでに男は力なく横たわっている。

人形はその身体に、自身が燃え上がりながら何度も何度もナイフを突き立てていた。

梯子を下りた尚美が上を見上げた。

大波のように赤い炎が天井裏を舐《な》めていく。

「まずいぞ、火だ。火が」

「誰か火を放ちやがった」

「子供の声がするぞ」

叫び声が聞こえる。

悲鳴も聞こえた。

煙がもうもうと巻き起こる。

「頭を下げて、口に手を当てて」

そう言うと、尚美はハンチング帽の少年を抱えるようにして廊下を走った。

どこをどう走ったのかわからない。

最後は煙の流れる方へと向かうと、大テントから抜け出すことが出来た。

村人たちも巻き込んで、テントの外も大騒ぎだった。

ピエロや半裸の男たちや奇抜な衣装の女たちが右往左往しているのは、不可思議な映画のようだった。それは極彩色で描かれた地獄絵であり、狂騒的な神々の宴会だった。

おお、上之郷さんとこの。

勝夫くんだ、勝夫くんだ。

村の男たちが駆け寄ってきた。

尚美に頭を下げ、ハンチング帽の少年を抱え上げてどこかへ連れ去っていく。

混乱の中、煙を避けて尚美は大テントから離れていく。

ふと気がつけば、逃げ惑う人の姿が失せていた。

ほっと息をつく。

「これでわかったか」

声が聞こえた。

目の前に黒マントがいた。

かつてサーカスにやってきた子供たちが親と一緒に弁当を食べたり、恋人たちがジュースを飲んだりした休憩所だ。

埃だらけのその床にマントを広げ、直接腰を下ろしていた。

ごおごおと風の音が聞こえた。

いつの間にかあの狂騒が失せていた。

「何をわかったって言うの」

尚美は訊ねた。

「ぼくのパパは子供たちの人気者どころか、最低なクソ野郎だ」

黒マントが帽子を脱いだ。

長い髪がくしゃくしゃに絡み合ってもつれている。

捨て置かれ枯れてしまった植木のようだ。

いつもの皮肉じみて子供っぽい態度は影を潜めている。

酷く疲れた顔をしていた。

そうしていると、人生に心底疲れ果てた老人に見えた。

「パパが大好きだった。一緒に子供たちと遊ぶのが好きだった」

顔にヒビが入っていく。

目の下に大きく入ったヒビはたちまち広がり、塗料がぱらぱらと剝がれ落ちた。

真っ黒な下地が見える。

それは目の下の隈《くま》のようにも、黒い涙のようにも見えた。

「なのにどうして」

黒マントは自分の腿《もも》を拳で叩く。何度も叩きながら繰り返す。

「どうして、どうして、どうしてどうしてどうしてどうしてええええ」

絶叫していた。

最後の一滴まで絞り出すように叫ぶと、奇妙に冷めた顔で帽子を被りなおした。

ひび割れ剝がれたはずの塗料が元通りになっている。

もしかしたらさっきのは本当に涙だったのかもしれない。

黒マントは立ち上がる。

立ち上がり尚美の方へと歩み寄る。

「ねえ、おばさんも蓮くんも、ぼくやこの子たちと同じ、仲間だ」

黒いマントがもこもこと膨れると、そこから泥玉のような目をした子供たちが次々に現れてきた。

全部で七人の子供たちが、ふらふらと尚美に近づいていく。

尚美は考える。

これが刑罰であるのなら黙って受け入れるべきなのか。それが蓮の望みなのか。

蓮は今何が正しいと考えているのか。蓮の思いに寄り添うだけのことが正しいのか。

何が正しくて何が間違っているのか。

私は罪人なのか、そうでないのか。

自罰と他罰がプロペラのようにグルグルと回り回って、考えに考えて、尚美は言った。

「違う」

そう、違うんだ。

「私は仲間じゃない。この子たちだってそう。勝手にあなたの物語に巻き込まないで。あなたは間違っている。確かに力のない者たちに力を与えたんだろうけど、だから救われる子もいただろうけど、でも、でも、あなたが手を出さなくても、子供たちはぎりぎりのところで踏みとどまっていたはず。まともな人間の世界に。あなたは手助けするように見せて、自分のしたいようにしてきただけよ。私も、この子たちも、そして蓮くんも、勝手にあなたの世界に閉じ込めないで。それは結局あなたの大っ嫌いな大人たちのしていることと一緒じゃない。お願い」

尚美はまっすぐ黒マントの前に立ち、その肩を摑み胸に頭を押し当て、言った。

「蓮くんを返して」

そう言った尚美の身体を、男は黒マントで包み込む。

闇。

そして暗転。

暗く狭い箱の中に尚美はいた。

頭がつかえ、尻がつかえ、身を縮め這いつくばっている。

隙間からわずかな光が見えた。

手で押すと、外へと開いた。

扉だ。

尚美は中から這い出てきた。

臭いでわかった。

煙草と黴と生乾きの洗濯物の臭い。

ここは小さな頃の尚美が暮らしていたアパートの部屋だ。

夜だ。

カーテンの隙間から見える外の明かりだけが部屋の中を照らしている。

その部屋の隅の方に、膝を抱えて座っている少女がいた。少女の目の上が赤黒く腫れていた。

間違いない。

それは幼い頃の尚美だ。そこにいるのは幼い自分自身だった。

幼い尚美は涙を堪えてじっと尚美を見ていた。

切なく胸が苦しく、膝で歩み寄った尚美は幼い自身を抱きしめた。

子供の頃の自分のにおいがした。

頭を胸に押しつけてくる。そうだ。誰かに抱きしめて欲しかった。抱きしめられ、園児たちがそうしていたようにその胸に顔を擦りつけたかった。頭を撫でて欲しかった。

尚美はその髪を撫でる。

べたべたとして、もつれた髪。長い間髪を洗っていないし、まして櫛《くし》でといたことなど一度もなかった。

愛おしく、その髪を撫でる。何度も撫でる。そうだ、後でお風呂に連れていってあげよう。お風呂で髪を洗ってあげよう。

「思い出したか」

大人の口調でそう言ったのは、抱きかかえた幼い尚美だ。

薄気味悪さに手を離し、距離を置く。

「どうだ、自分のこととなったら泣けるだろう」

ニヤニヤ笑いながら幼い尚美は言った。

それは幼い尚美ではない。

別物だ。

尚美は尻を畳に擦りつけるようにして後退る。

それが立ち上がった。

怯える尚美の前に立ち、純白の手袋をした小さな手で尚美の頭を撫でた。

「アニメ、動物もの、難病もの」

妙に卑猥《ひわい》な手つきで撫でながら、のんびりと話を続ける。

「どんな親子映画よりも泣ける話だろう」

「やめてぇぇえええ」

我慢しきれず悲鳴を上げると、四つん這いになって後ろへ下がった。

「お母さんごめんなさい、私本気じゃなかった。日曜日楽しみにしてたのに。ほんとよ、ほんとに楽しみにしてたの」

必死で言い訳をしながら、自ら押し入れの中へと尻を押し込んだ。

まるで大きなヤドカリだ。

「ごめんなさい。ごめんなさい」

頭を下げる。何度も下げる。

それは薄ら笑いを浮かべて、部屋の隅に積み上げられた洗濯物の山へと歩いた。

尚美にはわかっていた。

その洗濯物の中に何が入っているのか。

やめて欲しかったが声が出なかった。身体が動かなかった。目を逸《そ》らすことすら出来なかった。

それは洗濯物の山へと手を突っ込んだ。

手品師のように中を搔き混ぜ、ちらりと尚美の様子を確かめてからぐいと何かを摑み出してきた。

長い髪が現れた。

そして髪に引かれるようにして、首が現れた。

「尚美ごめんね」

ひび割れた唇を動かしてそれは繰り返した。

さらにグイと引き上げると、あの時見た通りの、死んだ母親が上体をもたげた。

母親は悲しげに話を続けた。

「尚美ごめんね。映画一緒に行けなかったね」

口を開く毎に、中からぽろぽろと白い虫がこぼれ落ちた。

「お母さんも楽しみにしてたんだけど」

そこまで言うと、母親は目を大きく開いた。

腐って萎《しぼ》んだ眼球に、何故か大穴が開いたように瞳孔だけが残されている。

その歪んだ目で尚美を睨み、母親は怒鳴った。

「おまえが『死んじゃえばいい』って言うから行けなかったんだよ！」

「いやあああっ！」

悲鳴を上げアパートの廊下へと飛び出した。駆け出そうとした尚美の前で、すべての部屋の扉が一斉に開いた。

そこから顔を出したのは泥玉のような目をした子供たちだった。そこかしこから現れ出た子供たちは、廊下に立ち塞がり通せんぼうをした。

立ち止まり、後ろを振り返ると母親がのたのたと走り寄ってくるところだった。

迷わず塗装のはげた鉄の非常階段まで走ると、駆け下りた。

三段も下りられなかった。

後ろから頭を鷲摑みにされた。

みし、と音がした。

あまりの痛みに声を上げる。

廊下の窓が開いた。

顔を出したのは黒マントだ。彼は頰杖《ほおづえ》をついて退屈そうな顔で言った。

「これはトミーの呪いなんかじゃない。おまえ自身の呪いなんだよ」

母親は摑んだ尚美の頭を自分の顔の前に持ってきた。

尚美の苦痛を舐めあげるように見詰めている。楽しくて仕方がない顔だ。

「あたしはおまえを撲つと、すっごく気持ちがいいの」

首筋に嚙み付くほど顔を寄せる。

腐臭が鼻につく。

「おまえもそのうちわかるわよ」

耳元でそう囁くと、尚美の頭から手を離した。

その目は尚美の腹を見ている。

「早く生まれるといいわねえ」

母親は猫のように舌舐めずりした。

「もうやめて。お願い、もうやめて」

やめてやめてと繰り返しながら、尚美は階段を下りた。

七人の子供たちが奇声を上げて追い掛けてくる。

鬼ごっこでもしているつもりなのかもしれない。

そして母親は、ニヤニヤと笑いながら尚美を見送っている。

背後を見なくとも、その嫌らしい笑いが尚美の背中を撫でるのがわかる。

尚美は転げ落ちるように非常階段を駆け下りた。子供たちの姿はいつの間にか消えていた。

尚美は螺旋状《らせんじょう》の階段をぐるぐると回りながら下りていく。足元をずっと見ていたら目が回ってきた。これはまずいと思い顔を上げて気がついた。

ここは彼女が住んでいた町ではない。

階段を下りて周囲を見回す。

がらんとした空間で、遠くに見える山々の稜線で気がついた。

サーカス前の広場に戻っているのだ。

だが……。

大勢の人間がそこに立っている。

ぼんやりとして魂が抜けたようだ。本当に魂がなくなっているのかもしれない。それらは近くに寄ると尚美を見た。眺めたというのが正しいかもしれない。目の前にあるものを自動的に目が追いかけているだけのように見える。

その中には尚美が見知った者もいた。

すぐ近くにいる若い男女は、つい最近子供を檻に入れて放置し死なせてしまった後、車の中で焼死していた両親だ。死後に彼らの部屋の中から続々と死体が発見された。

大阪《おおさか》で小学校に乱入し手当たり次第に子供たちを出刃包丁《でばぼうちょう》で刺して死刑になった男の姿もあった。

オタクという言葉を有名にした幼女殺しの青年の姿もある。

白人の姿もたくさんあった。人の好さそうなその白人は道化師ポゴと呼ばれ子供たちに愛されていたのだが、三十三人の少年を陵辱のあげくに殺した。

近藤の姿を見つけた時は思わず声を上げた。近藤は店にいた時のままにエプロンをつけ、風船を手にぼんやりと空を見上げていた。

恐ろしくて声を掛けることは出来なかった。

尚美にもここにいる人間がどんな人間なのかわかってきた。どれもこれも子供たちを弄び暴力を振るった人間ばかりなのだ。そのあげくに死んだ者たちがここにいるのだ。

探す気もなかったが、ここには尚美の母親の姿もあるはずだ。

最悪の子供殺したちが、虚《うつ》ろな目で尚美の方を見ている。

そのことに気づいた時から震えが止まらない。足が竦んで動くことも出来ない。

「そんなに怖がることはないよ。おばさんも今から仲間入りするんだから」

現れたのは黒マントだ。

「この人たち、全部あなたが」

「いや、ぼくじゃないよ。ぜーんぶ、あの子たちの玩具だからね。ここはコドモの国。子供たちの楽園さ。子供たちに酷いことをした大人はみんなこうなるんだ」

黒マントは尚美の背後へと呼び掛けた。

「ほらみんな、また散らかしっぱなしだよ」

尚美が振り返ると、広場から溢れるほどいた人たちの姿が、綺麗に消えていた。入れ替わるように、そこかしこの物陰から子供たちが滲むように現れた。

――ようこそおばさん。

――これからぼくたち。

――それから私たちの。

――新しい仲間を紹介する。

――紹介するよ。

――最後のお別れをね。

――最後のお別れをさせてあげる。

ほらここここ、と彼はマントを指差し、大仰な仕草でそれを撥ね上げる。

するとそこから現れたのは蓮だった。

「蓮くん！」

駆け寄ろうとした尚美を、男はマントの一振りで追い払う。

「おっとっと」

蓮はまたマントで隠されてしまった。

「あのね、何で蓮くんを連れてきたかわかる？　ここにいた方が幸せでいられるからさ」

マントの中の蓮に甘い声で話し掛ける。

「ぼくらの友達になるんだよねえー」

「そんなはずないでしょ。だって蓮くんは私たちが」

黒マントはケラケラと笑った。

「無理無理無理無理、あんなままごとみたいな家族ごっこで」

尚美は言葉に詰まり俯いた。

自罰と自己憐憫《れんびん》がその手を伸ばしてくる。

そうだよ。おまえなんか何の役にもたたない。それどころか、いつかおまえもあの母親のように――。

尚美は頭を振って悪い考えを追い払う。

駄目なことをしたかもしれない。駄目なことがあったかもしれない。それはそれで反省しなければならない。謝罪しなければならない。でも未来は、未来は誰にもわからない。

それを決めるのは今の自分だ。

尚美は顔を上げ、蓮の顔をしっかりと見詰めながら言った。

「蓮くんごめんね。尚美先生、やっぱり蓮くんのママにはなれない」

泣いちゃ駄目だと思う。

歯を食いしばる。

そっと息を吸う。

滲む涙をこぼれないようにしながら、尚美は言う。

「先生、蓮くんに嘘ついちゃった。ごめんなさい」

尚美は蓮に深々と頭を下げた。

堪えきれずぽろぽろと涙がこぼれた。

「いいよ」

蓮は言った。

小さな、本当に小さな声だったがはっきりと尚美は聞いた。

蓮は尚美の方へと足を進める。黒マントもそれを止める気はないようだ。

もう我慢出来なかった。

おうおうと喉から絞り出すような声を上げて尚美は泣いた。

大人とは思えない本気の大泣きだ。

立っていられず、その場にしゃがみ込んだ。

すると蓮は心配そうに近づき、手を回して背中をさすった。

思わず尚美は蓮を抱きすくめた。

ごめんね、ごめんね、と涙声で繰り返す。


「先生」

蓮が口を開いた。

「ぼくもごめんなさい」

「えっ」

尚美が蓮の顔を見る。

蓮は何か決意したような顔で尚美を見返し、踵を返して黒マントの前に行った。

よしよしと彼は微笑み、言った。

「蓮くん、お別れのご挨拶は終わったね。さあ、じゃあ、一緒に」

「これ」

蓮はポケットからあの手作りのお守りを取りだした。いつの間にか尚美のバッグから取り出していたようだ。

黒マントが不審そうな顔でそれを見る。

「これが？」

「やっぱりいらない」

蓮は袋から小指を取りだした。

「えっ、どういうこと」

蓮はその小指を、つい、と黒マントに差しだした。

反射的に手を出した彼の、その欠けた指のところに、切り取られた小指を押しつけた。

磁石のように指がかちりとくっついた。

「あっ、あっ、あっ」

小指のついた手を慌てて振り回す。

が、一度ついた指はもう取れない。

「何てことを……」

それを合図にしていたように、七人の子供たちが黒マントを取り囲んだ。

「な、なんだよ」

一人が腕を摑んだ。

もう一人が反対側の腕を摑む。

足を摑む、腰に抱きつく、前からしがみつく。

「あ、はなせ、はなせ」

黒マントは必死だが子供たちも必死だ。

「ううう、はなせ。ばーかばーかばーか。ぼくが何してやったか忘れたのか。おまえたちを助けて、遊び相手を見つけてやったのに、もう、ばーかばーか」

ばかばか言いながら子供たちに唾を掛けだした。

腰にしがみついていた子供が、頭の方へとよじ登っていく。

「わっ、何すんだ。やめろって」

とうとう本気で腕を振り払った。

腕にしがみついていた子供が振り飛ばされごろりと転ぶ。

「もうやめにしないか」

大人の男の声だった。

この国には〈玩具〉以外の大人はいないはずだ。何しろここはコドモの国なのだから。

大テントの出口から、のそりと出てきた老人を見て尚美は驚いた。

「上之郷さん!」

上之郷勝夫だった。

「なあ、黒マントさん、その子の代わりに私じゃあ、あかんか」

話しながら上之郷は黒マントの方へと歩いてくる。

近づくにつれて身体が縮んでいく。幼くなっていく。

黒マントの前に来た時には七、八歳のハンチング帽を被った子供に変わっていた。

「あれ、君は……」

尚美があの男のところから救い出せたたった一人の子供だ。

子供の一人が気づいた。

「かっちゃん……」

「ああ、かっちゃんだ」

皆口々にかっちゃんかっちゃんと言いながら上之郷の周りに集まってくる。その目に瞳が戻っていた。みんなニコニコ笑っている。

「待てよ、おまえは……思い出したぞ！　おまえはぼくをグルグル巻きにしてトラックに捨てたバカヤロウだ。こらこら、おまえ、いい加減にしろ。ぼくがあれからどれだけ苦労したか知らないだろう」

「そんなに苦労は」

「してない」

「そうそう、してない」

子供たちがざわつく。

「ばかばか、ほんとおまえたちは恩知らずだなあ。ぼくはきちんと約束を守っておまえたちを助けてやったのに」

「私はこいつらと一緒にいたいんや。あんたとも一緒にいたいんや。みんなあんたのことが大好きだ」

「な、なんだよ。何が言いたい」

「これでようやくみんなと一緒にいられる。ようやく願いが叶《かな》う。黒マントさん、今までこいつらをありがとう」

「ばーかばーか。おまえみたいな大人に感謝されたくない。ぼくはおまえたち大人の——」

「尚美さん」

上之郷は振り返って言った。

「あんたらあ、ここにいちゃあかん」

上之郷と一緒に、七人の子供たちが黒マントの背後へと回った。

「なんだ。何をする。お、おまえら……か、勝手なことを」

子供たちが彼の黒いマントを摑み、大きく左右に広げた。

マントの中では光が渦巻いていた。

——尚美。

光の向こうから声が聞こえた。

聞き間違いようがない。

それは駿也の声だ。

尚美は蓮と手を繋ぐ。

「蓮くん、行くよ」

二人は光の渦の中へとダッシュした。

その頃上之郷は、彼の家の前庭に置いた椅子にもたれ、眠るように息絶えていた。

満足げな笑みを残して。

3.

酷い頭痛で駿也は目が覚めた。

最初そこがどこなのかわからなかった。冷たい床に俯せている。ずきずき痛む額に手をやると、ぬるりとしたものに触れた。

目の前に指を持ってくる。

血だった。

駿也は身体を起こした。止まったままのエスカレーターの横だった。

落ちたんだ。

上の階を見上げ、ようやく自分に起こったことを思い出していく。

エスカレーターに摑まり立ち上がる。

身体のあちこちが痛んだ。しかし骨が折れたりはしていないようだ。ただ転げ落ちた時に額を切ったようだ。その血も、もう止まっていた。

どれくらいの時間が経ったのだろう。

「しまった。尚美！」

叫び、エスカレーターを上がっていく。少しずつ頭と身体が目覚めていく。途中から駿也は駆け出していた。

ようやく二階のリサイクルショップまで来た。

何かあるとしたらここか。

駿也は店の中へと入っていった。明かりの落ちた店内を、見回しながら奥へと進んだ。

事務所から倉庫へと向かう。

あの倉庫の棚に、人形があったはずだ。それを手に入れたら……上之郷少年が人形を捨てたら村での呪いがストップしたように、何か方法が見つかるはずだ。

恐る恐る、駿也は倉庫へと入っていった。

スチールの棚に、いくつもの段ボール箱が置かれていた。記憶を探り、あの時近藤が開けていた箱らしきものを見つけた。

棚から引き出し、蓋を開けた。中に人形らしきものがあった。

それを手にした。木彫りの熊《くま》だった。鮭《さけ》を咥えて駿也を見ている。

紙が貼ってあった。

その紙には大きく赤い文字で「はずれ」と書かれてあった。

どこからかけたたましい笑い声が聞こえた。

くそっ！

木彫りの熊を箱に投げ入れ、棚に押し込む。

そして気がつく。

棚に並んだ箱にはすべて張り紙がしてあった。

「これかな？」「こっちだよ」「もしかしてこれじゃない？」「どっちかな」「これにしてみなよ」

適当な箱を開くと紙きれ一枚が入っている。

「ざんねん！　またちょうせんしてね」

「馬鹿にしやがって！」

頭にきて、そこら中の箱を次々と開けていると、また笑い声が聞こえた。

声は倉庫の外から聞こえていた。

しゃがみ込んで箱を調べていた駿也が立ち上がろうとした時だ。
スチールの棚が駿也目掛けて倒れてきた。
思わず悲鳴が上がった。
鉄製の重い棚だ。
手で支えられるものではない。
その場に尻餅をついて、床に這いつくばる。
棚は隣の棚にもたれる形で止まっていた。
それがなければ押し潰されていただろう。
とはいえ床と棚に挟まれ身動きが取れない。
這い出そうと足掻《あが》いていると、足音がした。
カチャカチャと金具の音がする。
あの人形だ。
音は倉庫の外へと向かい小さくなっていく。
駿也は何とか棚の下から這い出ると、その後を追った。
事務所から店内へと戻る。大量に並べられた商品の中には人形もたくさんあった。
どこかに隠れているはず。
そう思い駿也は注意深く店内を見回した。

白い衣装箪笥《だんす》の方から視線を感じた。

箪笥の上に熊のぬいぐるみが二体ある。その間に、ここには似合わない真っ黒な人形が座らされていた。

黒いマントの人形だ。

駿也はその前に立った。

ちょっと指で突いてみる。

何も動かない。

ただの人形だ。

そうなると恐る恐る扱っているのが滑稽に思えてくる。

手を伸ばし、箪笥の上のそれを両手で掴んだ。

マントのそこかしこが焦げている。顔も一部が焦げて塗料が剝がれていた。

壊さぬように、そっと下ろしてくる。

中が詰まっているのか、かなり重い。

よく見ようと顔の前に持ってきた時、人形はその両足で思いきり駿也の顔面を蹴った。

うわっ。

悲鳴を上げて駿也は人形を離した。

それはひらりと床に舞い降り、駆け出した。

ケラケラと笑い声を上げている。

駿也は痛む鼻先を押さえながら立ち上がり、人形の後を追った。

急ぐほどのことはない。すぐに追いついた。

人形は店のレジに腰掛けていたのだ。

端《はな》から逃げる気などないようだ。

「いらっしゃいませ」

人形は言った。

「お客様、鼻から血が――。いかがなされました」

駿也はこの茶番につき合った。

「たった今あなたに蹴られたもんでね」

「まあ、それは災難でしたね。ティッシュをお持ちしましょうか」

「ああ、そうしてもらおうかな」

「絶対イヤでーす」

癇《かん》に障《さわ》る声だった。

さらに小馬鹿にした声で人形は話を続ける。

「それから、私お店の人間ではございません。このお店の主《あるじ》は残念ながら変態野郎だったので、先日私どもが殺してしまいました」

人形はかくかくと口を動かしてそう言うと、白目を剝いた。

「なんか、すみませんでした」

「ふざけんな！」

頭に血の上った駿也は、レジカウンターに跳び乗って人形を摑もうとした。

が、人形は素早かった。

手の先からするりと逃れると、ケラケラ笑いながら逃げていく。

カウンターを思いきり拳で叩き、その後を追った。

リサイクルショップを出たところだった。

子供が立っていた。

非常灯だけでは薄暗くてよくわからないが、人形ではなさそうだ。

小学五、六年生の男の子。

「田辺が学校の机ん中にパンを入れっぱなしにしてた話知ってる？」

少年はそう言った。

その声に聞き覚えがあった。

その話にも。

「君、誰」

訊ね、近づいた。

「田辺の話、知ってるんだ。じゃあね、でかい蟬の話はどう」

その少年がニヤニヤ笑っているのが見えた。

「もしかして……フルちゃん」

「猫ほどの大きさの蟬がいるって聞いたんだよね。それでさあ、友達を連れて見せてもらいに行ったんだ。この話、知ってる？」

「フルちゃんだよね。俺だよ」

「しゅんちゃんだろう」

少年はそう言うと一歩前に出てきた。

「あれからどうなったか、教えてあげるよ」

「フルちゃん、ごめん」

駿也は頭を下げた。

「俺、あの時――」

「逃げたよね。だからあれからどうなったか、知らないよね」

蟬の声が聞こえてきた。

かっ、と照りつける光に手を翳《かざ》し上を見る。

絵に描いたような青空が広がっていた。

蟬が狂ったように鳴いている。

「今日は逃げないよね」

　少年は近づいてきた。

　魚の臓物が腐った臭いがした。

　顔の右半分が青紫に腫れ上がっているのがはっきりと見えた。少年が着ている半袖のTシャツは泥だらけだった。襟は大きく破れている。そしてカーゴパンツから白い靴下まで、赤黒い泥のようなものがべっとりとへばりついている。

靴は片方しか履いていなかった。

「ヒドイ目にあっちゃってさあ」

そう言うと路面に唾を吐いた。

かつん、と音がした。

血混じりの唾と一緒に歯を吐き出したのだ。

「しゅんちゃん、何で逃げたの」

駿也は耳を塞ぐ。塞いで絶叫していた。

何か謝罪の言葉を言っているのだが、誰にも聞き取れないだろう。

その場にしゃがみ込んで土下座を始めた。

額を砂利道に擦りつける。

ごめんようごめんようと泣きじゃくりながら繰り返す。

もう心はあの頃の、友を捨てて逃げ帰ったあの時の駿也のものになっていた。暗く怖い夜をひたすら震えて眠る、あの臆病な子供へと戻っていた。

ないてもだめだよ。

フルちゃんの声が聞こえる。

そんなことじゃ、ゆるしてあげない。

「何でもします。何でもしますからどうか許してください」

涙も鼻水も涎《よだれ》もだらだらと流して駿也は砂利道に頭を擦りつけた。

おまえいらないって。

それは言った。

はいと駿也は返事した。

立ち上がると上からするすると毛むくじゃらの黒い縄が降りてきた。

先には丸い輪が作られている。

駿也はその輪に頭を通した。

いなくなっちゃえ。

目の前に手摺りがあった。ショッピングモールに戻っていた。吹き抜けになった広場の二階の回廊に、駿也は立っていた。

その手摺りをまたいで飛び降りれば、それですべてが終わるのだ。

「フルちゃん、ごめんなさい」

そう言って両手を合わせ、手摺りに手を掛けた。

「駿也！」

声と同時に真正面から人がぶつかってきた。

真後ろに転倒する、その上にのし掛かっているのは尚美だ。尚美はその腕に蓮を抱え、横たわる駿也の上に被さっていた。

「えっ、あっ……」

涙と鼻水でどろどろになった顔を慌てて袖で拭う。

「尚美、蓮くん」

二人が駿也の身体から降りる。

駿也は尚美と蓮の手を借りて上体を起こした。

「ああ、もう。もうちょっとだったのに。なんだよ。何でおまえたちは邪魔すんだよ」

手摺りの上に、マントを翼のように広げて黒マントが立っていた。

「だから大人ってやつはきらいなんだよ」

黒マントの背後から、うねうねと黒い蛇のようなものが現れた。

それは濡れたような真っ黒の毛をびっしりと生やしていた。

それは黒マントの尻から直接生えた、ぬいぐるみの猫の尾なのだ。
それは身体をくねらせながら、横たわる駿也の方へと伸びてきた。
にゃああああ。
男の腹から生えたぬいぐるみの猫の頭が、騒がしく鳴いた。
「ほら、ネコくんも怒ってるよ」
しゅうしゅうと男の身体から煙が上りだした。
漏電でも起こしたように焦げ臭い。
泥が天日で乾くように黒マントの肌にヒビが走る。ヒビの奥は熾火のように赤い。
それが血なのか炎なのか区別がつかない。
毛むくじゃらの尾が駿也の首に絡みついた。
ずるずると黒マントの方へと引き摺られていく。
尚美はそれを引き剝がそうとしたが、彼女の力でどうとなるものではなかった。
「わからずやの大人なんか、みんな死んじゃえ！」
黒マントの顎ががくりと落ちた。
口の端が耳まで裂けていく。
真っ黒に焦げた舌がナメクジのように身体をくねらせている。
あれほど美しかった顔は、もう元形をとどめていない。

駿也は首に巻き付く黒い触手を引き剝がそうとした。
が、剝がそうとするほどにそれはきつく首を絞める。
締め付けられると声も出ない。
苦悶の顔が見る間に赤く鬱血する。
顔が燃えるように熱い。
耳の奥で虫が暴れてでもいるようなノイズが響く。
激しい光が眼球の裏で明滅する。
黒マントの姿がぼやけて二重に見えた。
駿也は決意した。
逃げないことを。
何としてでも尚美と蓮を守ることを。
床を蹴り、駿也は黒マントに向かって突進した。
黒マントは駿也の反撃を考えてはいなかったのだろう。
肩から突っ込んできた駿也を避けられなかった。
まともに身体で受け、柵から足を踏み外した。
蓮が倒れる男のマントを摑んだ。
マントはあっさりと脱げて蓮の手元に残った。

共に落ちそうになる駿也を、尚美が支える。

長い尾が、駿也の首から離れ手摺りを摑もうとした。

落ちかけながら、駿也がそれを弾き飛ばした。

子供のような甲高い悲鳴を上げながら、黒マントは一階へと落ちていく。

どんと地響きがして、駿也は下を覗き見た。

そこには、まるで人形の様にばらばらになった黒マントの四肢が散乱していた。

駿也たちは一階まで駆け下りた。

黒マントはほとんどの関節が外れ、手も脚も切れ切れになっていた。

顔も目玉が抜け落ち、下顎が外れている。

右手が指を動かし、胴体へと近づきつつあるのを蓮は見つけた。

その小指を手にするとポキリと折れ、それですべての部品が人形へと戻った。

「尚美、悪いけど近藤の店に行って梱包用の紐を持ってきてくれるかな。これを全部ばらばらに縛っておくよ。二度と復活できないように」

「それでどうするの」

「どこかの神社にでも預けるよ。ほら、人形供養をする神社があったでしょ」

散乱する部品を集めながら駿也はそう説明した。

蓮がこっそりとポケットに何かを入れたのには気づいていないようだった。

尚美はかなり目立つようになった腹をさすって息をつく。

タオル地の大きなハンカチを取りだし顔から首の汗を拭った。

「手伝わなくていいよ」

大きな段ボール箱を運び出しながら、駿也が言った。

形だけの結婚式も済ませた。新居は今までよりは少しだけ広い。親子三人で住む家なのだから。

「そう、手伝わなくていいわよ」

洋子も段ボール箱を持ってミニバンに積み込んだ。

その横を、小さな小さな段ボール箱を持ってやってきたのは蓮だ。

「蓮くん、邪魔しちゃ駄目よ」

優しそうな夫婦がそう言うと、蓮は「邪魔はしてません」と膨れて見せた。児童相談所が間に入り、ついこの間養子縁組が成立した。二人は長年不妊治療で苦労したのだが結局子供が出来ず、かといって人工的な方法で妊娠するつもりもなく養子縁組を選んだのだそうだ。この先どうなるかは誰にもわからないが、今のところは何の問題もなく、蓮も懐いているように見える。

今日は蓮にせがまれて尚美たちの引っ越しを手伝いに来たのだ。二人も引っ越しの手伝いをする気で汚れてもいい服を着てきたのだが、駿也たちが遠慮して、蓮の面倒だけ見ていてくださいと言われている。

結局引っ越し終わりに食べるだろう食料を買い込んで、それで終わり。それからはちょこちょこと荷物を運ぶ蓮を見ている。

それだけのことが本当に幸せそうだった。

作業が一段落すると、夫婦が駿也たちに挨拶に来た。

「どうやらここにいてもお邪魔なだけなようで。そろそろお暇《いとま》しようかと思いまして」

「ああ、どうも。お忙しい中申し訳ないです。蓮くんのこと、よろしくお願いします」

駿也は深々と頭を下げた。

尚美がしゃがみ込んで蓮に言う。

「ありがとう。おかげで早く片付いたよ。新しい家も近くだから、また遊びに来てね」

うん。

蓮は少し寂しそうな顔で頷いた。

さあ、行こうか、と両親に手を取られ、路肩に停めた五人乗りのコンパクトカーに乗り込んだ。

見送る駿也と尚美が見えなくなるまで、蓮は窓を開けて二人を見ていた。

「蓮、窓を閉めて」

父親が後部座席に一人座った蓮に言った。

蓮はそれでも窓から後ろを見ていた。

「聞こえなかったか。窓を閉めてと言ったんだ」

父親は少しきつい口調でそう言った。

「はい」

蓮はそう答え、窓を閉めた。

ポケットの中に手を入れる。そこに確かにそれがあるのを確認した。それを握りしめ、目の前に持ってくる。掌をそっと開いた。そこにあるのは人形の小指。

蓮は小さな声で歌い出した。

——ぼぉあんがー、ぼぉあんがー
ステプライ、ステプライ
カンクローさん、カンクローさん
おいない、おいない
かみのごサーカスおいないよ

あめじんトミーのしょうたいは

本書は、映画『こどもつかい』（脚本　ブラジリィー・アン・山田／清水崇）の小説版として著者が書き下ろした作品です。

この物語はフィクションです。実在の人物・団体とは一切関係ありません。

〈著者紹介〉
牧野 修（まきの・おさむ）
1958年大阪生まれ。大阪芸術大学芸術学部卒。1992年『王の眠る丘』（早川書房）でデビュー。2002年『傀儡后《くぐつこう》』（早川書房）で第23回日本SF大賞受賞。2016年『月世界小説』（ハヤカワ文庫）で第36回日本SF大賞特別賞受賞。近年はノベライズも多く手掛けている。

こどもつかい

2017年5月17日　第1刷発行　　定価はカバーに表示してあります

著者……………………牧野《まきの》 修《おさむ》
監督……………………清水《しみず》 崇《たかし》
脚本……………………ブラジリィー・アン・山田《やまだ》／清水《しみず》 崇《たかし》

発行者……………………鈴木　哲
発行所……………………株式会社 講談社
〒112-8001 東京都文京区音羽2-12-21
編集03-5395-3506
販売03-5395-5817
業務03-5395-3615

本文データ制作…………講談社デジタル製作
印刷……………………凸版印刷株式会社
製本……………………株式会社国宝社
カバー印刷………………慶昌堂印刷株式会社
装丁フォーマット………ムシカゴグラフィクス
本文フォーマット………next door design

ISBN978-4-06-294070-2　N.D.C.913　280p　15cm

講談社
タイガ

よろず建物因縁帳シリーズ

内藤 了

鬼の蔵
よろず建物因縁帳

山深い寒村の旧家・蒼具《あおぐ》家では、「盆に隠れ鬼をしてはいけない」と言い伝えられている。広告代理店勤務の高沢《たかざわ》春菜《はな》は、移転工事の下見に訪れた蒼具家の蔵で、人間の血液で「鬼」と大書された土戸を見つける。調査の過程で明らかになる、一族に頻発する不審死。春菜にも災厄が迫る中、因縁物件専門の曳《ひ》き屋《や》を生業《なりわい》とする仙龍《せんりゅう》が、「鬼の蔵」の哀しい祟《たた》り神の正体を明らかにする。

講談社
タイガ

オキシタケヒコ

おそれミミズク

あるいは彼岸の渡し綱

イラスト
吉田ヨシツギ

「ひさしや、ミミズク」今日も座敷牢の暗がりでツナは微笑む。山中の屋敷に住まう下半身不随の女の子が、ぼくの秘密の友達だ。彼女と会うには奇妙な条件があった。「怖い話」を聞かせるというその求めに応じるため、ぼくはもう十年、怪談蒐集に励んでいるのだが……。ツナとぼく《ミミズク》、夢と現《うつつ》、彼岸と此岸が恐怖によって繋がるとき、驚天動地のビジョンがせかいを変容させる——。

講談社タイガ

アンデッドガールシリーズ

青崎有吾

アンデッドガール・マーダーファルス　1

イラスト
大暮維人

吸血鬼に人造人間、怪盗・人狼・切り裂き魔、そして名探偵。異形が蠢《うごめ》く十九世紀末のヨーロッパで、人類親和派の吸血鬼が、銀の杭《くい》に貫かれ惨殺された……!?　解決のために呼ばれたのは、人が忌避する〝怪物事件〟専門の探偵・輪堂《りんどう》鴉夜《あや》と、奇妙な鳥籠を持つ男・真打《しんうち》津軽《つがる》。彼らは残された手がかりや怪物故《ゆえ》の特性から、推理を導き出す。謎に満ちた悪夢のような笑劇《ファルス》……ここに開幕！

講談社
タイガ

アンデッドガールシリーズ

青崎有吾

アンデッドガール・マーダーファルス　2

イラスト
大暮維人

1899年、ロンドンは大ニュースに沸いていた。怪盗アルセーヌ・ルパンが、フォッグ邸のダイヤを狙《ねら》うという予告状を出したのだ。

警備を依頼されたのは怪物専門の探偵〝鳥籠使い〟一行と、世界一の探偵シャーロック・ホームズ！　さらにはロイズ保険機構のエージェントに、鴉《あ》夜《や》たちが追う〝教授〟一派も動きだし……？　探偵・怪盗・怪物だらけの宝石争奪戦を制し、最後に笑うのは⁉

講談社
タイガ

バビロンシリーズ

野崎まど

バビロン　II
—死—

イラスト
ざいん

64人の同時飛び降り自殺——が、超都市圏構想〝新域〟の長・齋開《いつきかい》化《か》による、自死の権利を認める「自殺法」宣言直後に発生！暴走する齋の行方を追い、東京地検特捜部検事・正崎善《せいざきぜん》を筆頭に、法務省・検察庁・警視庁をまたいだ、機密捜査班が組織される。人々に拡散し始める死への誘惑。鍵を握る〝最悪の女〟曲《まが》世《せ》愛《あい》がもたらす、さらなる絶望。自殺は罪か、それとも赦《ゆる》しなのか——。